Le Navi • 57

I edizione italiana: luglio 2007

Via Isonzo, 25
00198 Roma
Tel. 06.8412007 - fax 06.85865742
www.castelvecchieditore.com
info@castelvecchieditore.com
Art Direction: Elisa Passacantilli
Editing e impaginazione: Veronica Paganelli
Cover: Franci&Patriarca
In copertina: © Getty Images/Laura Ronchi

ISBN: 978-88-7615-182-8

Importante: i dattiloscritti inviati all'attenzione della casa editrice non verranno restituiti

Berarda Del Vecchio

Sdraiami

CASTELVECCHI

Alle mie amiche

INTRO

Allora, mettiamo le cose in chiaro: io amo gli uomini. Li amo tutti. Non posso farci nulla. Gli uomini sono affascinanti perché sono un mondo, *un altro* mondo. Voglio bene anche a quelli che mi hanno tradito, che mi hanno trattato a pesci in faccia, perfino a quelli che mi hanno fatto male. In effetti, se questo libro dice più male che bene degli uomini che ho avuto, è perché anche gli incontri più brevi e superficiali (per non dire dei miei lunghi fidanzamenti) li ho vissuti fino in fondo. Delusa? Quasi sempre. Ma sempre pronta a innamorarmi di nuovo.

Non sono una che scrive di sesso per consolarsi dei cattivi uomini, o di uomini per consolarsi del cattivo sesso. Non sono una pollastrona, una svampita. Anche se mi trovo, tragicomicamente, un nome già bello e pronto per fare danni. Me lo hanno dato papà e mamma, e si è rivelato niente male come argomento di conversazione da primo approccio:

«Che fai nella vita?».

«Scrivo, sto per pubblicare il mio secondo libro».

«Davvero? E di che scrivi?».

«Di maschi, di incontri, di uomini catastrofici».

«Roba un po' forte? Dimmi la verità».

«Ebbeh, qua e là in effetti».

«E come ti chiami?».
«Berarda».
«Come?».
«Be-rar-da».
«Maddài!».
«Eggià».
«Carino il nome che ti sei scelta. Fa molto...».
«Fa molto?».
«Sì dài, il filmetto famoso degli anni Settanta con la Fenech, quel gran pezzo di Bernarda...».
«...tutta nuda e tutta calda».
«Ah ah, carina come operazione vintage!».
«Sì ma guarda, quella era *Ubalda*. Eppoi io sono *Berarda*, senza la *n*. E mi chiamo così sul serio, non è un nome d'arte».
«Ah ah, geniale! Scherzi, vero?».

SDRAIAMI

Ecco come è andata (e ve la faccio breve)

Tutti abbiamo una storia che nella vita ci ha fatto toccare il fondo, la storia-cicatrice, la storia-cassonetto che per anni ricorderemo quasi con incredulità (come ho potuto, perché non ho saputo, ecc.). La mia è quella con Federico. Una cosa sbagliata da cima a fondo, ma anche il punto di svolta definitivo dello sdraiami-pensiero: ecco perché ve la racconto per prima.

Federico non è, ovviamente, il vero nome dell'uomo che, per circa due anni, mi ha fatto vivere sotto un treno di cazzate e rimpianti. Ora sono riuscita a riprendermi dalle pene che mi ha inflitto. Ora mi considero una sopravvissuta, una reduce, potrei stampare delle magliette tipo «I survived the Big One» come i terremotati californiani del 1989 (ma la frase sulla maglietta sarebbe irripetibile).

Il suo vero nome era antico, medievale (anche più di Federico), e sarebbe stato perfetto con il mio: una coppia leggendaria alla Lancillotto e Ginevra. Ma, come mi fece poco elegantemente notare Federico, il suo nome era già andato a braccetto con quello antico e nobiliare di una sua ex. Come dice la canzone, sarà capitato anche a voi: di essere considerata sempre la «seconda» di qualche cosa, o di qualcun'altra. «Il secondo grande amore della mia vita»: se un uomo vi dice una cosa del genere tagliate, tagliate subito e in partenza, senza neppure accostarvi, è una frase che solo un sadico represso può pronunciare – c'è chi arriva a dire «la seconda donna per bellezza», o addirittura «la seconda migliore scopata della mia vita». Sono piccole vendette, piccoli ricatti psicologici da uomo-verme.

In effetti la storia, più o meno clandestina, fra me e «il biondo» (criniera folta e incolta, una specie di Re Leone degli sfaccendati) si basava esclusivamente:

››› sui suoi racconti di fidanzate, di storie avute o desiderate, di problemi esistenziali, di pipponi intellettualoidi, di giri per chiese e musei, di sfoggio della sua intelligenza, ma anche:

››› sulla sua fragilità con famiglia e amici, e soprattutto:

››› sulle crisi sentimentali: uno scontro aperto fra la sua riconoscenza/affetto verso la sua attuale fidanzata, più grande di lui, e il suo desiderio/amore verso la sua amante tuttofare. Cioè io.

Così della sua vita so più o meno tutto, e in particolare so delle sue ex: quante poche ragazze ha avuto al liceo, e poi quella tipa stronza (ma fondamentale) per cui prendeva il 58 e a cui portava sempre i fiori, e poi quella frigida con cui se n'era andato a Londra, quell'altra dal nome antico come il suo che era tanto pericolosa quanto brava a letto, che si è sposata, ma lo ha richiamato tante volte, la sedicenne emiliana che gli ha messo le corna, quell'altra bellissima e dolcissima ragazza sudamericana ancora troppo bambina che si era trasferita in Italia per lui, e per finire la sua attuale, matura e tettuta fidanzata. Da cui, giura, non riesce a staccarsi. Il catalogo è questo.

Ero sempre io a muovermi. A qualsiasi ora e in qualsiasi giorno mi preparavo, mi cerettavo e acchittavo (anche se non succedeva niente e lui non notava mai nulla), salivo in macchina, facevo benzina, e volavo da lui. Ovviamente, come in ogni buona storia masochista da manuale, c'erano quei dieci, venti minuti di attesa sotto casa sua. Perché di salire non se ne parlava proprio (accadeva solo raramente, magari quando aveva un attacco di una delle sue numerose malattie immaginarie, e aveva bisogno di un'infermiera, o di un consiglio per un suo libro, o di un aiuto a risistemare casa).

Quando scendeva era sempre vestito tipo shopping a Via Sannio o lungo le stradine laterali di Porta Portese – immaginate un Manu Chao dei poveri – non chiedeva quasi mai scusa, anzi alcune volte arrivava col cellulare incollato all'orecchio, camminava, indicava la strada, e io dietro.

Durante una vacanza di cinque giorni in Trentino, gli chiedo se noi due stiamo insieme. Mi fa: «Beh, non proprio. Noi siamo *amanti* ma non nel senso banale del termine, nel senso di *coloro che si amano*». Che poesia. Io fra il lusingato e lo sconvolto. Magari fossimo stati amanti nell'accezione *comune* del termine, almeno avremmo espresso il nostro amore scopando: anche nel dramma più romantico in assoluto, Romeo e Giulietta, i due ragazzini vanno a letto insieme e non vedono l'ora di rifarlo ancora e ancora. E invece no: per imbarazzo, o per paura di complicare troppo le cose, effusioni scarse, e chiacchiere tante.

Improvvisamente, alla fine di un mese di maggio passato insieme fra incontri di degustazione di vini, cene a lume di candela nel locale di un suo amico, corsi di Tecnica Alexander, passeggiate e, addirittura, serate (poche) finite a casa sua a fare l'amore (e meno male, a volte accadeva!), le cose cominciano a cambiare e io inizio a sentirmi soddisfatta. Forse questa Alessia è sparita, forse si stanno lasciando, e poi lui mi ha detto: «Io mi sto innamorando di te, Berarda», in cima ai Fori Imperiali. *Inshallah*. Così, presa da tutta questa serie di favolosi e inaspettati eventi, gli chiedo cosa facciamo per il ponte del due giugno: «Cosa facciamo?».

«Parto».

«Ah, sì? Vai all'albergo dei tuoi a fare un po' di foto per il sito?».

«Ehm, no, vado... ad Amsterdam con Alessia».

Come dove con chi? Sono io che non ho capito nulla o sei tu che mi stai prendendo per il culo? Continuo ad essere l'altra, ad essere la seconda, quella di scarto, quella di scorta.

«No, guarda, non è così. Tu non sei seconda a nessuno, tu sei *un'altra cosa*». Cioè cosa?

E qui il biondo pensa bene di chiedermi: «Senti, ti va di uscire a cena con me? Così parliamo». E cosa faccio io? Dal masochismo si va direttamente in autolesionismo: accetto, ma sono sull'orlo, sull'orlo di tutto, crisi di nervi, fitte isteriche, delirio.

Ecco come è andata. Naturalmente devo passare a prenderlo io, e stavolta pure in taxi (la mia macchina è dal carrozziere). Si fa aspettare sotto casa il solito quarto d'ora. Cleopatra avrà fatto così con Cesare, altrimenti quello non abboccava. Solo che la Cleopatra della situazione dovrei essere io, e invece sto qui come una cogliona ad aspettarlo col taxi in doppia fila, il tassametro che gira allegramente come una slot machine e il tassista che litiga al telefono con una certa Loredana. In sottofondo, oltre alla radio gracchiante del 3570 che vomita corse impossibili a cinque-sette-dodici minuti, la radio degli ultras della Roma, o di non so cosa, con un certo Marione che tutti sembrano considerare un guru, un maestro di vita al pari di sri Ananda Yoghananda.

Arriva, finalmente, è ancora bagnato di doccia, e mi fa: «Scusa, non riuscivo a chiudere una telefonata, sono mortificatissimo». La sua mortificazione sembra impedirgli di ritrovare il giusto linkaggio tra le sinapsi, perché al momento di pagare il taxi la sua mano non sembra proprio farcela a scivolare verso la tasca. Okkeifanientepagoio, neanche fosse la prima volta. Al ristorante, mentre aspettiamo gli antipasti, mi attacca subito la solita tiritera sul fatto che si sente «scisso, incrinato», che la storia con Alessia, a differenza di quella con una certa Dominique, ha sbriciolato il suo orgoglio, e che vorrebbe consigli da me su come chiudere col suo passato, ritrovare un po' di fiducia. Lo guardo e finalmente capisco: bello è bello, ma è una assoluta mezzasega. Mi dice quasi in un bisbiglio: «Secondo te come dovrei comportarmi? Cosa dovrei fare?».

Ok, mi dico io, proviamo con la terapia d'urto: «Cosa dovresti fare? Ceniamo in fretta, portami via da qui e, santiddìo, SDRAIAMI! Sdraiami sul cofano della macchina al posteggio sotto casa, sul prato al campetto davanti casa, sdraiami in ascensore, per le scale, in cucina, trascinami per i capelli fino al letto, sbattimi come un Kilim afghano, voltami come una omelette, spianami come una crêpe, intònacami sul muro, ripassami come un esame fuori corso, come un brasato in padella, entrami duro come Cannavaro, vai giù di testa come Zidane, stendimi sul materasso, stendimi come Materazzi, stendimi fuori come i panni, mandami fuori come uno shuttle, fammi tutto quello che non ti ha detto mamma, che non hai mai fatto ad Alessia, a Marina o come cazzosichiama quella anoressica col nasone che non sapeva fare le pompe, e di cui credimi, io per me non avevo nessunissima esigenza di sapere niente, e tantomeno delle pompe. Sdraiami come una sdraio, come un destro in piena faccia, come un'insolazione, come un treno preso in pieno, mettimi sotto come uno zerbino, mettimi sopra come un'amarena sulla panna. Fammi, dimmi, entra, esci, fai lo scherzo del torno subito, del vengo dopo, del non vengo ma tengo, fai quello che ti passa in quella tua testolona bacata, basta che non mi continui a parlare di te, dell'altra, delle altre, delle tue incrinature, delle tue crepe, del tuo passato, del tuo presente, del tuo futuro, delle tue ragnatele mentali. Fai il camionista napoletano, l'amaro lucano, il pastore abruzzese, il pastore maremmano, il leghista analfabeta, il montanaro alla Gustav Thoeni che non dice mai una parola ma chiava anche le serrature delle porte, fai la minoranza etnica, il centro, la destra, la sinistra, la maggioranza silenziosa. Fai quello che cazzo ti pare, ma sdraiami!».

«SDRA-IA-MI!»

Come al solito devo avere esagerato, o quantomeno mi deve essere cresciuto il tono di voce. In effetti ho le gote bollenti e mi pulsa la vena sul collo. Da come mi guarda devo essermi alterata, devo essere uscita dal vestito per le vie spicce come fa Hulk quando si trasforma e si sbrega tutta la camicia. Ma quel che è peggio, il ristorante intero deve essersi pietrificato, perché vedo tutto intorno occhi spalancati e forchette a mezz'aria, tutto è come in una bolla sospesa nello spazio e nel tempo.

E lui: «Stai diventando aggressiva...».

Non ci credo.

Guardo il cameriere che intanto si stava accostando con gli antipastini mari-e-monti ed è rimasto congelato, in posa come un robot guasto, come se gli avessero sblastato il cervello in uno step estremo di Quake, e sibilo: «E lei per favore non rimanga lì impalato. Mi chiami un taxi».

Come sono arrivata fino a qui? Me lo chiedevo tornando a casa, così sconvolta che perfino il tassista mi voleva portare al pronto soccorso. La mia storia è questa: da ragazzina le cose coi maschi sono state molto facili, sentimentali, addirittura romantiche. Poi si sono incasinate e aggrovigliate progressivamente, fino all'età adulta in cui ho collezionato una serie di fregature, mezze storie, fidanzamenti improbabili. Facciamo un passo indietro. Ogni vita catastrofica comincia da una lontana Età dell'Oro.

PREISTORIE

1990

L'estate del 1990 fu quella del mio primo bacio. Eccola, la mia Età dell'Oro. Come ogni anno ero andata a trascorrere l'agosto a Trecchina, paese di origine dei miei genitori: in realtà un posto abbastanza sconosciuto, tanto che, quando ne parli, devi sempre nominare la più vicina Maratea per far capire che non ti stai riferendo a un paese fantasma. Eppure, a Trecchina, se ci andate ci tornate (per questa promozione attendo adeguato assegno dall'Ente Turismo, grazie): sarà per il fresco di cui si può godere anche a ferragosto? Per il pane, detto «pane di Trecchina» per distinguerlo dall'identico «pane di Maratea»? Per i tanti bar che consentono lo svacco stagionale nell'unica e grande piazza centrale? O per essere circondata da numerosi castagneti, da cui le celebri sagre della castagna: in realtà boschi umidi e infestati di vipere, che riservano però innumerevoli possibilità di tresca, inciucio, spòmicio, accoppiamento?

Fino a quell'estate, per me, Trecchina era stato un piccolo Eden come quello del Dottor Dolittle: davo da mangiare a polli, galline e conigli, usavo quanto volevo la bicicletta, andavo in giro da sola, e soprattutto, potevo uscire con mia cugina anche per un paio d'ore dopo cena. Una variazione ruspante sul tema del Mulino Bianco. E fino ad allora i maschi erano rimasti per me un mondo distante e segreto. Invece, quell'anno, i ragazzini poco più grandi di me iniziarono a guardarmi in un altro modo trasformando il mio innocente paradiso terrestre in un eccitante lunapark degli ormoni.

Mia cugina Vittoria, la mia prima amica del cuore, si era da qualche mese fidanzata con un suo compagno di classe, uno dei ragazzi più carini del paese. E ne andava orgogliosa. Ricordando ora come si vestiva Riccardo, con il resto dei fighetti del paese, c'è da sentirsi male: era un incrocio fra un paninaro milanese (do you remember?), con il gilet di piumino imbottito al primo fresco della sera, e un tamarro napoletano con pantaloni zompa-fosso e Converse colorate ai piedi. Ora, lo so, è in corso una rivalutazione delle Converse in chiave vintage, da quando si è scoperto che perfino Mick Jagger le indossava il giorno del suo primo matrimonio. Solo che quando era giovane Mick, guarda caso, le Converse ai piedi erano l'ultima cosa che notavi. Invece gli zauri di paese, con le Converse a stringhe slacciate senza calza, che lasciavano intravedere il piedozzo peloso a fermentazione naturale, facevano tutt'altro effetto. Neppure Darwin, buonanima, li avrebbe voluti nella sua tenace ricerca dell'anello mancante fra l'Uomo e le scimmie bonobo.

L'unica cosa che scagionava questo simpatico gruppo di talebani era che dimostravano tutti un'età, vissuta in strada, di tre-quattro anni più avanzata dell'età anagrafica. Avevano un fascino bastardo a cui nessuna di noi sapeva resistere. Giravano in gruppo, in branco, fumavano sigarette, bevevano birra, ti ronzavano intorno, ti venivano a salvare dai gruppi di ragazzi rivali che ti importunavano, facevano a gara a invitarti a fare un giro su devastanti motorini taroccati coperti di adesivi, e cercavano sempre di rapirti per portarti in luoghi bui dove baciarti. Le estati passate a Trecchina sono state come un corso intensivo che poi, con gran soddisfazione, utilizzavo a pieno nei lunghi inverni romani.

Il braccio destro di Riccardo, il suo vice, il comandante in seconda era il famigerato Massimo, detto anche Max u' Banana, detto anche Cichita u' Banana, detto anche Banana Tre, detto anche Max Tre, detto anche Tre. Il motivo di questa sfilza di soprannomi, che ruotavano tutti attorno al comune frutto tropicale col bollino blu (moltiplicato per tre), era che:

››› Max Tre portava il ciuffone Rockabilly imbrillantinato e rovesciato all'indietro come un doppio tuffo carpiato olimpionico, cioè si faceva fare dal barbiere la «banana alla Elvis». Tale ciuffo a banana era oggetto di culto e veniva curato più di ogni altra cosa dal nostro, che sembrava attribuirgli quasi un potere magico.

››› Max Tre aveva un nasone a banana abbronzato, ricurvo e gibboso, su cui si era abbattuta la mazzata di un massaro che glielo aveva struppiato durante un tentativo di fuga, in seguito a tentato furto di nespole da un frutteto. Tale nasone «a banana», ciononondimeno, gli conferiva un'aria vissuta da maschiaccio rissaiolo. Sexy, a suo modo.

››› Max sembrava disporre, secondo le bene informate (e si sa, i paesi sono piccoli, la gente mormora) di dotazione virile ragguardevolissima ma un po' stortignaccola, e comunque tale che, negli anni a venire, la malcapitata di turno ne sarebbe uscita sempre dolorante o stupita. Tale dotazione di banana gigante geneticamente modificata rendeva Max Tre oggetto di venerazione locale, con sconfinamenti di fama che raggiungevano perfino Maratea e i comuni limitrofi. Se una forestiera nuova del paese, o una di un paese vicino, insomma una del tutto ingenua di usi e costumi trecchinesi, gli chiedeva: «E perché ti chiami Banana Tre?», lui rispondeva sempre: «Per tre raggioni, ma una non ce la posso dire», e tutti scoppiavano a ridere. Sguaiatamente.

All'inizio fui messa al riparo da questa umiliazione pubblica grazie a mia cugina e al suo fidanzato Riccardo: mi avevano avvertito per tempo di non chiedere nulla riguardo ai vari nomi di Max Tre. Il risultato fu che le prime volte che lo vedevo in paese lui mi faceva sempre: «Io mi chiamo Tre, Banana Tre», e mi guardava dritto negli occhi con l'aria da gigolò sbarazzino aspettando che gli dicessi qualcosa, e io rimanevo zitta. E anche il giorno dopo: «Io mi chiamo Max Tre, Banana Tre», e faceva il segno del tre coi ditoni, come se stesse facendo lo spot che so, di una marca di pneumatici o rasoi elettrici. E vai così per una bella settimana. My name is Banana, James Banana Three.

Non sapendo come mettere fine al gioco, ne feci una delle mie, e finalmente gli risposi: «Piacere Banana, me lo offri un gelato?». Apocalisse: mai chiedere a un ragazzo di paese se ti offre un gelato, perché ogni offerta e richiesta di cibo viene interpretata tribalmente, ipso facto, come una esplicita contrattazione di sesso. Perfino Massimo-Banana rimase sbalordito dalla mia risposta, mia cugina sbarrò gli occhi per evitare che continuassi a parlare, tutti si voltarono a guardarci: «Beh scherzavo», continuai, «magari volevo dire *un gelato* alla banana». Seguì un attimo di silenzio di quelli pesanti da tagliare col coltello, e poi tutti scoppiarono a ridere insieme, e fortunatamente la cosa passò in cavalleria. Ero stata accolta dal branco, le presentazioni erano finite, e Riccardo, ridendo fino alle lacrime, faceva: «Scusate ma lei è una di città, *il gelato* non lo sa ancora bene», e giù di nuovo a crepapelle.

Il problema di essere sempre visibili agli occhi dei genitori fu la nostra croce per tutta l'adolescenza trecchinese. Potevamo sparire, sì, ma a patto che ogni ora facessimo la nostra comparsa in piazza. Per chi era fidanzata era un'ansia continua, una corsa contro il tempo. Neanche il tempo di arrivare al luogo dell'appuntamento che già era ora di scappare via. I minuti dedicati ai baci, alle carezze, ai primi strusciamenti non erano mai abbastanza, e una volta ritornati sotto i lampioni del Corso si aspettava solo di fuggire di nuovo. Magari avere il teletrasporto del Capitano Kirk di *Star Trek*, che in un attimo *ZAP!* ti fa sparire dalle braccia di un fidanzato e l'attimo dopo *SWOP!* ti fa riapparire sotto gli occhi arcigni e grifagni di madri, zie e nonne.

Un numero indefinito di ragazzini (che solo ora vedo come un piccolo gruppo di arrapati) iniziò a salutarci e a invitarci alla sala giochi, meglio detta La Bisca, luogo di ritrovo di tutti i boys del paese. Esisteva anche un retro locale dove i grandi (chi aveva fra i sedici e i vent'anni) giocavano a biliardo o a poker, fumando e bevendo birra, cosa che rendeva quel posto proibito a noi ragazze di buona famiglia. Un po' Far West alla Sergio Leone e un po' locali gangster de *Il Padrino*, La Bisca ti catapultava in un'altra dimensione dove i conti in sospeso si regolavano a colpi di pistola o a pugnalate nello stomaco. Il fumo attraversava tutto il locale, l'aria era pesante, e l'odore di birra e alcool si mescolava a quello delle sigarette. Appena varcata la soglia ti sentivi subito tutti gli occhi puntati contro, come se la tua presenza creasse, in qualche modo, dei problemi. Ma piano piano questa sensazione diminuì, fino al giorno in cui alcuni degli abituali iniziarono a salutarmi. E quel giorno mi sentii grande, famosa, e rispettata. E capii che fare la brava ragazza non era cosa per me.

Fu proprio in sala giochi che quell'estate ricevetti la mia prima proposta di fidanzamento. Il mio spasimante si chiamava Edoardo, aveva quattordici anni – il che voleva dire avere di fronte un ragazzo del primo anno di liceo con tanto di terribile peluria sul labbro superiore – anche lui amico di Riccardo. Stavo giocando a Pacman quando lui mi si avvicinò, mi prese la mano e mi chiese: «Berarda, posso essere il tuo uomo?». Ma siamo matti? Ha pure i baffi. Mi misi a ridere e diedi, per la prima volta, il due di picche a qualcuno, riprendendo la mia partita da dove ero stata interrotta come se niente fosse. Che stronza. Ero solo poco più che dodicenne, ma già stronza.

Avere Vittoria come cugina e Alessandra (la moretta più scafata del paese, che fu la prima a parlarmi di seghe e pompini) dalla mia parte fu una mano santa. Grazie a loro imparai i primi rudimenti del rimorchiare, e del farsi rimorchiare. E, soprattutto, feci i primi passi nello sconfinato mondo dell'Ars Amandi. Un vero kamasutra all'italiana, dove la complicità e gli insegnamenti delle amiche più esperte valgono più di mille libri.

L'estate del 1990 si formò il gruppo degli «amici del mare» – che toccò il suo apice fra il '93 e il '94 – all'interno del quale conobbi il mio primo fidanzatino. Si chiamava Mario ed era uno dei migliori amici di Riccardo. Aveva un anno più di me, e solo per questo mi sembrava perfetto (quelli più piccoli li avrei iniziati a guardare molto più tardi, ovviamente). Era molto alto, magro, con i capelli biondi e mossi, gli occhi azzurro-ghiaccio, le labbra sottili e una carnagione talmente pallida da lasciar intravedere il viola dei capillari, così che anche da ragazzino sembrava avesse le occhiaie. A me piaceva tanto. È stato il primo per cui ho avuto il batticuore, il primo per cui ascoltavo e riascoltavo *E tu* di Claudio Baglioni, il primo che mi ha baciato, il primo per cui avevo le mani sudate e un nodo in gola. Praticamente, una cartella clinica da rianimazione. Quando arriva un momento così, nella vita, te ne accorgi perché è il momento in cui senti che vuoi mentire perfino a tua madre.

Arrivò la fine dell'estate, e con questa le giostre. Il lunapark degli ormoni si stava concretizzando sotto i miei occhi. La concentrazione di testosterone e di estrogeni intorno a quelle giostre era talmente alta da dare alla testa: nessun Gardaland o Disneyland avrebbe mai potuto reggere il confronto. Io avevo le tasche piene di gettoni ma nessuno con cui andare a fare un giro. Tutte le coppie preferivano i dischi volanti: stare in una piccola astronave a dieci metri da terra, a baciarsi senza che nessuno ti vedesse, era quello a cui ogni ragazzo/a aspirava fin dall'inizio dell'estate. Essere invitata a fare un giro era il coronamento di un amore estivo, il massimo del romanticismo che una coppia di ragazzini poteva permettersi.

Invidiavo da morire tutte le ragazze che si davano lunghi baci con il fidanzato svolazzando nel cielo stellato. Anche Mario veniva al campetto dove erano state montate le giostre (che in quella settimana avevano sostituito La Bisca) ma sui dischi volanti ci portava sempre sua sorella più piccola. E io la odiavo.

Una sera indossai la mia felpa preferita. Era rosa confetto, con delle piccole mucche sparse qua e là. Veniva dagli Stati Uniti, da New York, era il pezzo forte del mio guardaroba. Con quella felpa mi sentivo bella e attraente. Era di quella lunghezza giusta da lasciare scoperto metà del mio super-rotondo sedere in una sorta di trucco adolescenziale del vedo-non vedo. E in più si abbinava perfettamente con le mie Converse rosa shocking. Ero sicura che vestita in quel modo sarebbe successo qualcosa. E così fu. Mario, dopo i soliti giri con sua sorella, la mollò alla madre e si avvicinò. Avevo il cuore a mille, capii che stavo diventando rossa, e guardai mia cugina in cerca di aiuto. Mario era ormai a un passo da me: «Ho conservato un gettone, ti va di venire a fare un giro sulle giostre?». Avrei voluto scomparire: dai discorsi delle mie cugine più grandi avevo intuito che si è più fighe quando si dice di no. Invece accettai l'invito senza dire una parola, feci un sorriso enorme, spalancai gli occhi e sbattei le ciglia.

Avendo passato ore a guardare come si comportavano le altre ragazzine quando stavano lassù, avevo capito che bisognava urlare o emettere qualche strano suono, perché subito dopo il fidanzato di turno le stringeva a sé e le baciava. Così urlai, un po' per sfogarmi e un po' per assomigliare alle altre ragazze più esperte di me. Mario mi mise un braccio intorno alle spalle e con l'altra mano afferrò la mia. Io smisi di urlare, e lo guardai. Eravamo ancora nell'Era Preistorica dell'Arte Amorosa, dove anche un semplice contatto fisico era sufficiente a farti venire la pelle d'oca e il fiato corto.

Quando il giro finì e il nostro disco volante atterrò al suolo, Mario mi chiese sottovoce: «Ci vediamo domani?». Era fatta. Altro che infinite uscite, pause caffè, aperitivi trendy, cinema all'aperto e forme di martirio sentimentale che avrei scoperto da adulta. A dodici anni il primo invito a continuare quella piccola relazione mi fu rivolto in un sussurro fatto di felicità e impazienza. Superati i venti è già tanto se il giorno dopo ricevi un sms per andare a prendere un caffè, o un tristissimo «squillo» dallo squattrinato di turno che implora di essere richiamato.

La democrazia della bellezza

«Sei contenta? Adesso che tu e Mario state insieme possiamo uscire in quattro. Però ora vi dovete anche baciare». Così mi aveva detto mia cugina. Dobbiamo cosa? Io fino a quel momento non avevo mai pensato alle uscite a coppie e tanto meno a baciare qualcuno. Un giro di giostra e la mia vita era cambiata. L'Homo Sapiens (si fa per dire) Trecchinensis aveva espugnato la Foemina Capitolina.

Dopo qualche settimana torno a Roma, e a scuola. Sapevo baciare, grazie al corso intensivo estivo di Spòmicio e Scienze della Fratta appena sostenuto in vacanza. Ero in seconda media e non vedevo l'ora di raccontare a tutte quello che era successo: ero la prima, così pensavo, la prima ad aver baciato qualcuno. Ma l'estate del 1990 doveva essere stata carica di un vento pieno di ormoni, che aveva spazzato in tutta Italia andando a colpire in special modo in classe mia, tutte e tutti, belli e brutti: quasi tutte le altre ragazze avevano avuto i primi flirt, i primi strusci, le prime storielle, e i maschi erano diventati improvvisamente molto più pelosi, e ci guardavano. Oh, sì che ci guardavano, magari non facevano molto di più che quello, ma tirava un'altra aria.

Allora non c'era il telefonino: iniziai a usare il telefono di casa, e non per chiedere i compiti del giorno dopo, ma per chiamare le mie amiche e parlare di quanto ci mancava il tipo della terza C, quale canzone trovavamo più adatta a descrivere questo e quello, o a darci consigli su come farci notare dai ragazzi. Camminavamo in gruppo, sorridevamo, alcune si mettevano il burrocacao facendo le labbra a cuore. Quell'anno iniziai a passare ore davanti all'armadio: l'entrata in seconda media coincide con il pronunciare, per la prima volta, l'unica frase che ti fa sentire davvero donna: «Non ho niente da mettermi».

Noi ragazze eravamo piene di iniziativa, ma i maschi, oltre a parlare delle prime riviste porno rubate ai fratelli più grandi e di canali notturni visti di nascosto, continuavano a essere imbambolati, stuccati, ingessati. Mi mancava Trecchina con il suo lunapark. Vi sembrerà una versione sexy del topo di campagna rispetto al topo di città (il primo che fa battute sulla topa di campagna possa diventare brutto come Rosi Bindi): i ragazzi di città erano davvero bamboli al confronto dei coetanei rustici. Ma la Natura, si sa, alla fine deve fare il suo corso, e il modo per far appiccicare i ragazzi, città o campagna a parte, lo trova sempre. Nel nostro caso, c'erano le feste. Almeno una volta al mese c'era qualcuno che ne organizzava una. Le scuse andavano dai compleanni agli onomastici, da Halloween a Carnevale, da S. Valentino alla chiusura della scuola. Quello che spingeva a organizzare tutti questi party erano i diversi giochi apparentemente innocenti che davano la possibilità di arrivare, finalmente, a contatto coi compagni di classe.

Il classico gioco della bottiglia non funzionava, perché tutto era affidato alla sorte e al caso: fu presto messo da parte per far posto al più ammiccante gioco del postino. Qui c'era alta strategia. Se non avete mai giocato al gioco del postino non sapete nulla degli arzigogoli e dei meccanismi che la mente umana può escogitare per darti un alibi. L'alibi consisteva in uno scambio di lettere e ambasciate più complicato di quello della reggia di Carlo V di Spagna, con l'unico intento di riuscire a dare un bacio, uno solo, a un ragazzino.

Per giocare bisognava avere a disposizione tre stanze, o almeno due e uno sgabuzzino buio. Nelle due stanze principali si rinchiudevano da una parte i maschi e dall'altra le femmine. Poi si estraeva a sorte chi avrebbe svolto per primo il ruolo del postino (a turno tanto capitava a tutti) e il gioco iniziava. Il bravo postino doveva andare nella stanza in cui erano riuniti i ragazzi e segnare su un foglio la posta da consegnare poi alle ragazze, che consisteva in:

››› cartolina / bacio sulla guancia

››› lettera / bacio sulle labbra,

››› pacco / bacio in bocca ovvero, nei casi più hard di attrazione reciproca, paccata.

Il momento in cui sentivi pronunciare: «C'è posta per te», comportava due cose (adesso ne comporterebbe una terza, la paura di essere finiti nell'omonimo programma televisivo di Maria de Filippi): ti sentivi onorata che qualcuno ti avesse notata e quindi voluta, ma subito dopo iniziavi a sperare che il mittente fosse uno di quei ragazzi tanto carini per cui ogni mattina passavi le ore in bagno a sistemarti il ciuffo da lasciar cadere sul viso. Potevi sempre rifiutare, ma nel caso in cui avessi accettato dovevi andare nella terza stanza e lasciarti baciare dal mittente di turno (per fortuna a telecamere spente). Il gioco continuava con l'inversione dei ruoli: dopo i maschi eravamo noi femmine a spedire le nostre lettere, e così via.

Con una media di trenta cartoline, quindici lettere e una decina di pacchi si riusciva a passare tutto un pomeriggio senza che nessuno si annoiasse (allora le feste iniziavano verso le cinque e finivano per le nove). Era come un allenamento o un' iniziazione all'arte della pomiciata perfetta. Quando tornavi dallo sgabuzzino era tutto un vociare e uno schiamazzare: com'è stato? Aveva l'alito pesante? Avete fatto dente contro dente? Ti ha morso la lingua? Ma è uno che bacia con la bocca aperta e che sbava dappertutto o usa anche le labbra? Ti è piaciuto? E tu lì a raccontare o a dare consigli alla meno esperta per farle fare bella figura. Quando poi c'erano due ragazzini che si piacevano, ma non avevano mai avuto il coraggio di dirselo, il gioco del postino era perfetto: i due non facevano altro che mandarsi cartoline e lettere per tutto il tempo fino ad arrivare, a gioco quasi concluso, a spedirsi il tanto atteso pacco. Noi amici, da bravi compagni di classe, ci guardavamo bene da inviare, a nostra volta, qualcosa a uno dei due di modo che i due piccioncini si potessero corteggiare e sbaciucchiare per tutto il tempo.

Io di posta ne ricevevo abbastanza. Non ero fra le più popolari della scuola, ma in classe piacevo. E poi, dopo tutti i baci dati al Trecchina-boy, qui potevo finalmente mettere in pratica quello che avevo imparato.

Ovviamente, come in ogni gruppo che si rispetti, anche nella mia classe c'erano dei bruttini e delle bruttine che nessuno filava di pezza. Io, che in fondo avevo il culone e di tette ancora neanche l'ombra, mi sentivo a metà strada fra il mondo delle baciatissime modelle in potenza e il mondo delle brutte anatroccole senza neanche una cartolina fra le mani.

Per mettere rimedio, bisognava organizzare una specie di democrazia della bellezza. Avendo passato la mia infanzia a leggere *Robin Hood* e a guardare *Lady Oscar* e *La stella della Senna*, capivo che dovevo anch'io fare qualcosa per i più bisognosi: diventai la paladina dei quattrocchi e dei calimeri, delle gnappette e delle mini donne cannone. Insieme ai più carini e disponibili compagni di classe e alle poche belle che non se la tiravano, decidemmo che a ogni turno del gioco uno di loro avrebbe mandato almeno una cartolina a quelli più sfigati.

Il trucco funzionò così tanto che alla fine delle feste ognuno tornava a casa soddisfatto di quel minimo di posta che aveva ricevuto. Questa mia fissazione di far star bene gli altri non mi ha mai abbandonato. E credo che anche il detto della mia amica Marzia «un bacio non si nega a nessuno» affondi le sue origini nel gioco equosolidale del postino.

Io e Flavia.
Ovvero: la prima, luminosa formulazione dello sdraiami-concept

Negli anni del liceo c'è chi corre spedito sulla strada della perdizione amorosa e sessuale e chi si tiene passo passo, graduale e lento come una lumaca. Io ero una via di mezzo: non esattamente una pornostar in erba come certe mie compagne, ma neppure una suora novizia. C'era invece chi esagerava (e mi chiedo cosa avrà più avuto da scoprire, una volta passati gli esami di maturità). Una storia assurda, in particolare, mi è rimasta impressa.

Ultimo anno di liceo. Un giorno tutta la classe fece sega. La scusa era aderire a non so quale sciopero, ma in realtà alle manifestazioni ci andavamo poco o nulla, e poi era l'ultimo anno e le giustificazioni potevamo farcele da soli. Io e Flavia, la mia prima amica del liceo, fulgide menti rivoluzionarie, ovviamente decidemmo di andare in giro per negozi. In fondo ci eravamo conosciute nello stesso modo, in primo liceo: sega più shopping. La nostra amicizia si era fondata sull'acquisto di un paio di Reebok bianche e blu e di un paio di Stan Smith bianche e verdi. Lei, che seguiva la moda fighetta-pariolina di quegli anni molto più di me, mi aveva fatto capire che non potevamo non avere quelle scarpe, soprattutto ora che stavamo al liceo e che dovevamo farci notare da quelli più grandi. Shopping e ragazzi. Mi suonava un po' come pane e Nutella, cioccolato e panna, cornetto e cappuccino. Un giorno perfetto, direbbe Lou Reed.

Era il periodo in cui girava la leggenda metropolitana della jeanseria gestita da commercianti arabi, che in realtà sarebbe stata la copertura di un traffico di schiave, insomma una versione delirante della tratta delle bianche, alimentata da voci e dicerie, e perfino da qualche articoletto di giornale. Vi chiederete come faccia il mondo civilizzato a credere a queste panzane. Ma se cominciamo così non la finiamo più: pensate a quante persone credono ai politici, o a quanti sono disposti a giurare che una vergine palestinese abbia dato alla luce il Messia senza farsi sfiorare dal marito falegname, e qualsiasi leggenda metropolitana vi sembrerà Neorealismo puro.

Dunque, la storia veniva raccontata così: due turiste inglesi entrano in un negozio di abbigliamento nel centro della Capitale, e ricevono da parte dei commessi e delle commesse, tutti di aspetto camuso e rattuso, losco e infingardo, una insolita attenzione e insistenza nell'offrire una bevanda refrigerante – nelle varie versioni si andava da una strana Coca-Cola mixata a tradimento con aspirine, fino a tè alla menta corretto con allucinogeni maghrebini. Le due tontolone non notano nulla di strano, e anzi interpretano le beduiniche attenzioni come modi galanti: si sa, se l'uomo è cacciatore, l'uomo arabo è bracconiere di frodo, di quelli che sparano ai cinghiali una testata atomica terra-terra col bazooka a mira termica. Quindi se lui dice: «Bella seniora, prova bantalone in camerino», lei abbocca e anzi, quasi quasi le piace che lo sguardo di lui scivoli furtivo tra le tendine, per cogliere un elastico di mutanda infrachiappa vagamente sudaticcio, o un collant color testa di moro che strizza la coscia. Chi si accontenta gode, diceva mia nonna.

Ma la leggenda non si limitava agli sguardi: voci insistenti riferivano che le due malcapitate, dopo aver «assunto una bibita drogata per stordirle», fossero state ripetutamente violentate, picchiate, chiuse in una cassa che, coi favori della notte, sarebbe stata trasportata al più vicino porto d'imbarco. E poi: da Civitavecchia a Beirut trattate come bestie nella stiva. E poi: a dorso di cammello, imbavagliate e infagottate in un burka islamico che avrebbe fatto la gioia di un mullah afghano, fino all'oasi desertica di vattelappesca. E poi: vendute come schiave, baiadere, puttane di corte per l'harem di un misterioso emiro. Wow. Altro che shopping. Altro che jeanseria. Un baratro.

Devo dire che ogni tanto, per alimentare questo intenso immaginario morboso, io e Flavia compravamo «Cronaca Vera», che era ed è il vangelo apocrifo delle cazzate. «Cronaca» mescola liberamente i fatti della realtà con i «si dice», le lettere al Direttore vere con le lettere inventate, le storie tradotte da omologhe testate bavaresi o ucraine con le relazioni della Polizia italiana su locali a luci rosse e minorenni in Brianza. Uno spasso, apparentemente innocuo, che però col tempo si insinua tra le fibre della tua coscienza. Non ci credi davvero, però un po' ci credi, a storie tipo: c'è una ragazza austriaca che dopo una cura ormonale a base di testosterone di scimmia ha la fronte pelosa – ma ha trovato l'amore grazie a un veterinario che si è innamorato di lei e la depila amorevolmente un giorno sì e un giorno no.

Ecco, dopo qualche settimana passata a fortificare la nostra cultura con letture simili (altro che Pascoli e D'Annunzio in vista della maturità), io e Flavia ci addentriamo fra le jeanserie del centro di Roma, e chi incontriamo? Ilaria, una compagna di scuola segaiola e shoppingara come noi. L'avevamo conosciuta al bagno delle ragazze fra una malboro e un tampax ed è rimasta storica per i suoi collant orgogliosamente bucati all'altezza del cavallo («Così Carlo deve solo da sposta''e mutande»), congegnati apposta per darla al suo amato fidanzato in qualunque condizione di spazio e di tempo.

Fatto sta che, gira che ti rigira, alla fine capitiamo davvero in un negozio dall'aria un po' loffia: un ragazzone arabo belloccio e stempiato, un po' sovrappeso, con camicia nera aperta, pelo sul petto, catenone d'oro e Rolex vistoso. Troppo profumato, troppo gentile. Musica a palla, con un volume da concerto del primo maggio. Due commesse, una nera e una biondina slava e slavata, che si aggirano tra gli scaffali con lo sguardo basso. Lui ha una caraffa di acqua ghiacciata, con dentro pezzi di limone e foglioline di menta. Ci offre da bere. Flavia mi guarda e mi bisbiglia: «Ahò, ma nun te sembra de sta' su "Cronaca Vera"?». Scoppiamo a ridere, e il nostro buonumore è contagioso. «Everybody is happy in the house», canta Notorious BIG dagli altoparlanti infuocati. Bene. «Tu vuoi prova jeans? Faccio sconto buono», dice lui, e noi giù a ridere come due cretine fumate.

Ilaria, a quanto pare lettrice poco attenta di riviste di serie B, ci lancia un'occhiataccia, prende i Levi's dalle mani della commessa biondina e va dritta dritta in camerino. Lui la segue per accenderle la luce. Io esco dal negozio per godermi lo struscio dei passanti, che è da sempre uno dei miei divertimenti preferiti, mentre Flavia si dirige spedita verso Messaggerie, alla ricerca del nuovo album dei Red Hot. Lo spettacolo della strada è bello perché è vario: vecchie incipriate con messe in piega dal colore ramato o violetto tipo Star Trek, vigilesse che sembrano intente a tutto tranne che a sorvegliare il traffico, il barista col vassoio dei caffè che passa e ti strizza l'occhio, studenti segaioli e nullafacenti come me.

Nel bel mezzo delle mie meditazioni da Commedia Umana, mi accorgo che sono passati dieci minuti buoni e Ilaria non si vede. Anzi, mi volto a guardare dentro il negozio, e non si vedono né lei né l'arabo. Solo le commesse che, con lo sguardo basso di quelli bassi da una vita, da una vita umiliata e offesa, piegano e ripongono magliette e giubbini. Entro già in paranoia: «E la mia amica?». Si guardano imbarazzate. Sono complici? Io da paranoia a panico: «Ehi non scherziamo, vi ho chiesto: dove sono il vostro capo e la mia amica?». La slava slavata: «No so, io no so». Ma la sua voce un po' trema. La nera: «Loro sono usciti a fare un giro, torna subito ora». Da panico ad allarme rosso. Chiamatemi il Telefono Rosa, i Carabinieri, Scotland Yard: «Che cazzo dite, sono stata un quarto d'ora fuori dal negozio e non è uscito nessuno», grido ma già sto correndo verso il camerino. È tutto buio, il cuore mi batte in gola, accendo la luce, apro la tendina. Orrore: per terra una scarpa Reebok di Ilaria, la sua camicetta e null'altro.

Il resto è tutto come nella sequenza di un thriller: io che mi precipito fuori dal negozio e comincio a gridare aiuto con quanto fiato ho in corpo, piango e strillo per fermare i passanti, farfuglio di rapimenti, arabi e violenze carnali, un capannello preoccupato di gente che mi circonda, ho il trucco sfatto dalle lacrime e colato sulla faccia e sono disperata. Le due commesse sono basite, due statuine di sale con lo sguardo sempre più in basso, catacombale. Alla fine un buon padre di famiglia si lascia convincere a seguirmi nel retrobottega per tentare il tutto per tutto in un'incursione antiaraba. L'uomo è sulla cinquantina, è energico e prima di entrare con me nella jeanseria dice agli altri di chiamare i Carabinieri. Irrompiamo. La vista del camerino e della scarpa per terra gli fa dire: «Cazzo!». Ed è un lampo: in fondo al retrobottega c'è una piccola porta, ci accostiamo, da lì provengono dei gemiti sordi. Chiamo Ilaria, Ilaria, Ilaria. Nulla. Lui prende la rincorsa, sfonda la porta di compensato e... Ilaria, nel bagnetto, in ginocchio di tre quarti, che sta facendo un clamoroso pompino all'arabo seduto su una pila di scatole di scarpe ancora imballate. Un pompino olimpico, agonistico, uno di quelli che si ricordano per intensità e dedizione. L'interessata, per scagionarsi, perfino anni dopo l'accaduto, continua a dire: «A Bera', nun ho resistito, m'attizzava troppo, lui, e poi me l'ha detto subito, che mi voleva. E c'aveva un coso, un affare, una roba mai vista in cielo e in terra, ti giuro». Ecco.

Ecco come tutti i salmi finiscono in gloria quando lui ci sa fare e lei ci sta. Quasi non c'è bisogno di presentazioni, in certi momenti della vita ti parte la brocca e vai in automatico. Tutto bello, ma immaginatevi la vostra Berarda in quel momento: il padre di famiglia fuori di sé, io a bocca aperta e vuota, Ilaria a bocca aperta e piena, l'arabo con la fronte grondante di sudore e lo sguardo intriso di rozza libidine da maiale. Un bel quadretto, una bella composizione da giornaletto porno-assurdo anni Settanta. Altro che Commedia Umana. Una tragedia. E il film che mi si materializza all'istante, davanti agli occhi, è ben diverso dalle leggende che ci facevano tanto ridere: anche se nessuno voleva violentare o rapire nessuno, resta il fatto che noi siamo delle ragazzine (anche se da poco maggiorenni), stanno per arrivare i Carabinieri, c'è un signore sconosciuto e sconvolto, un arabo altrettanto sconosciuto ed ex-arrapato che ripone frettolosamente il suo (mostruoso) arnese ripopolamondi nei pantaloni. Ilaria ha ancora i suoi addosso, di pantaloni, e una scarpa sì e una no. Pensate la foga sconsiderata di questa bestiolina, manco le scarpe si è tolta bene, e dire che quando la vedevate a scuola sembrava una brava figliola, ma brava davvero.

E lo so, in un attimo lo so, c'è un'unica cosa da fare. La tiro via per un braccio, le faccio mettere addosso in fretta e furia camicetta e scarpa mancante, mentre il padrone del negozio è sul punto di venire alle mani col signore che grida: «Porco, vergogna, sono ragazzine!». E via fuori dal negozio, via di corsa come due zingare fuggiasche a recuperare quell'altra scema di Flavia per raccontarle tutto. Una smaltita da non credere. E passata la paura, un'intera vita a ridere di «quella volta del rapimento». Io e Flavia restammo amiche, amiche per la pelle e da allora, oltre ad aver svaligiato innumerevoli negozi, riempito armadi, scarpiere, e sgabuzzini, non abbiamo mai smesso di parlare di uomini, argomento che ormai occupa quasi al novanta per cento le nostre conversazioni.

Soprattutto, fu dopo quell'episodio vissuto con Flavia che lentamente prese corpo il primo embrione, la prima formulazione della insigne teoria dei rapporti tra generi che oggi, *siore e siori*, sono a esporvi. Lo sdraiami-pensiero. Parlandone con lei ne ridevamo: l'intraprendenza seducente di quel commerciantazzo doveva proprio aver steso la povera Ilaria, ma al confronto con certi atteggiamenti melensi e inconcludenti di tanti amici e compagni di scuola aveva come aperto uno squarcio di luce nelle nostre coscienze. Post-femminismo? No, buon senso: se uno non ti piace devi fargli capire subito che non è aria, che stia buonino e al posto suo. Magari con buona educazione ma con fermezza. Se invece uno ti piace e vi piacete, e tanto, e insomma si può procedere e nulla osta, tutte le chiacchiere del mondo sono a zero, zero assoluto. Ecco lo sdraiami-concept, in una forma ancora molto rozza e adolescenziale.

Da grande avrei meglio apprezzato le abilità verbali, la capacità di un uomo di farti un po' sognare, di intortarti: ma tutte queste cose vanno sempre viste come preliminari, come anticamera dello sdraiami vero e proprio. A che serve altrimenti stare ad ascoltare uno che ti piace, per due ore, in un bar? A fartelo piacere di più, mi risponderete, è ovvio. Ma se lui invece di saperci fare si limita a farci sapere? Farci sapere quanto è sensibile, e carino, e delicato e affettuoso? E soprattutto, ci dicevamo con Flavia, non ci dovrebbe essere bisogno di alimentare queste fantasie arabo-selvagge, che poi non è che una passa la vita in giro per negozi a farsi il primo che capita nel retrobottega, no? Con Flavia decidemmo, quindi, di abbandonare il terreno scabroso e rischioso delle avventure con uomini grandi: prima ancora di cominciare il gioco, si capiva che ci avremmo rimesso e basta. E ci dedicammo più sanamente a esercitarci nella elaborazione teorico-pratica dello sdraiami-pensiero.

Tornammo a rimorchiare fra i banchi di scuola. Era stata infatti Flavia a insegnarmi il gioco del «guarda se guarda». Altro che gioco della bottiglia o gioco del postino. Questo era un passatempo per soli adulti, da mettere in pratica nei corridoi del liceo. A ogni ricreazione ci posizionavamo una di fronte all'altra, in un posto dove eravamo sicure che sarebbero passati quelli che ci piacevano. E lì scattava il gioco: dovevamo dire all'altra se il tipo che le piaceva la stesse guardando oppure no. E con questo trucco andammo avanti per tutto il secondo anno del liceo accumulando successi su successi. Non sbagliammo mai una volta, e rimorchiammo tutti quelli che ci interessavano.

Io e Flavia facevamo una specie di bilancio preventivo ogni inizio semestre, e poi uno consuntivo poco prima dell'estate. Di solito chiudevamo sempre in attivo. Lei di tutti questi calcoli ne ha poi fatto materia di studio all'Università (ha scelto Economia finanziaria) e di impiego lavorativo (fa il broker in borsa), mentre io mi sono accontentata di continuare a metterli in pratica solo nella mia vita affettiva. Con l'unica controindicazione che, non essendo una persona razionale, il mio istinto mi ha spesso portato a fare decine e decine di errori di valutazione. Se avessi lavorato per una banca mi avrebbero già licenziato da tempo, ma lavorando per me stessa sono stata sempre abbastanza indulgente da concedermi il beneficio del dubbio, e innumerevoli seconde chance.

Tutto questo gioco, di essere noi le prime a rimorchiare i ragazzini, era però faticoso. Bei tempi, quelle estati passate a Trecchina, con mia cugina, con quei ragazzi così rozzi, ma sbarazzini e intraprendenti, perfino un po' romantici nel corteggiarti. Che poi, non è che se uno ti corteggia con intenzioni patatòfile, non debba essere anche un po' romantico. Questo i boys del paese lo sapevano eccome: avevano l'intenzione di farsela dare, è chiaro, però ti prendevano per mano durante la gita al Castello, ti abbracciavano forte la notte di S. Lorenzo sdraiati sul prato a vedere le stelle cadenti, e ti dicevano anche: «Sei la più bella del mondo», facendo loro il verso della canzone di Raf. E tu, magari un po' raccapricciata dalla citazione coatta, almeno apprezzavi lo sforzo. Lo sforzo, ecco, questo è il punto: concludemmo con Flavia che il primo corollario dello sdraiami-concept è:

››› *il maschio deve esercitarsi in uno sforzo determinato, progressivo e costante per farsela dare.* ‹‹‹

In altre parole, il maschio non deve stare appeso come un lampadario, attònito e incredulo come S. Giuseppe quando gli diedero la notizia: «A Ggiusè, Maria sta incinta». Non deve stare meditabondo come Norberto Bobbio, che magari meditava quando ormai c'aveva novant'anni, ma da ragazzo le sue cartucce le avrà sparate anche lui, no?

Grazie a questa dottrina in perenne elaborazione, nei primi anni del liceo io mi sono divertita come una matta. Ma, non avendo sofferto abbastanza nei primi quattro anni, credo di essere stata punita e aver dovuto scontare quella lunga serie di pianti, mal di stomaco, nausee e tormenti tutti insieme nell'ultimo anno di scuola. E naturalmente sempre per colpa di un ragazzo. La persona per cui ho versato litri di lacrime per mesi è stato il mio migliore amico, più piccolo di me di un anno, ma mio compagno di classe. Io e lui eravamo inseparabili, una coppia-non coppia, perché allora darci anche un semplice bacio significava rischiare di compromettere tutto. È stata la mia prima «amicizia amorosa», mai consumata. Ed è stata vissuta (orrore) in aperta contraddizione allo sdraiami-pensiero: nessuno di noi due fece mai il primo passo, ma la cosa mi sembrava giusta, perfino poetica, mannaggia. A saperlo, che poi per amicizia, complicità, empatia, avrei avuto più di un amico «speciale», mi sarei comportata diversamente. Non sapevo ancora che il genere maschile, in fatto di prendere l'iniziativa, arriva un po' come i treni italiani: puntualmente in ritardo.

Fidanzati autogestiti

Il secondo anno di liceo, invece, era stato l'anno della prima autogestione, del mio primo fidanzato, e della prima zip dei pantaloni slacciata. Durante una conferenza su proibizionismo e antiproibizionismo in tema di droghe leggere, rimasi colpita da un ragazzo vestito fra il cowboy e il rocchettaro, con lunghi capelli castani, il pizzetto, un naso aquilino, un gilet sopra la camicia bianca, e un paio di stivali marroni sotto i jeans. Un perfetto Malboro man, sì, ma de' noantri. Perché dopo i Marlon Brando dodicenni di Trecchina, i fighetti dal naso all'insù ultra ripetenti, un bel tenebroso, politicizzato e anche un po' drogato mi ci voleva proprio. Che poi si vestisse come se abitasse in un ranch nel Texas quando invece viveva dietro Via Tagliamento a Roma, è un altro discorso.

Era venuto a concludere il dibattito. Io non avevo il coraggio di alzare la mano per fare qualche domanda e farmi notare. In quell'aula al piano terra dove tutti fumavano sigarette e rollavano canne, capii che fare gli occhi dolci non sarebbe stato sufficiente (me li sarei riservati per altri momenti), e decisi di puntarlo. La mia consapevolezza in fatto di rimorchio si stava evolvendo e iniziavo a capire che non sempre la stessa tattica di gioco funziona con tutti. Tex Willer finalmente mi notò e alla fine dopola lezione mi venne incontro per presentarsi.

Si chiamava Alessandro, era di terza c (bene: uno più grande che sta parlando con me in corridoio), e non aveva potuto fare a meno di notare i miei occhi. Bingo. Il trucco aveva funzionato. Mi invitò a seguirlo al piano di sopra dove si stava concludendo la riunione fra intrepidi studenti autogestiti. Mi presentò a tutti quei ragazzi che fino ad allora erano stati per me solo i più grandi, i più fighi, gli irraggiungibili, mi sentii come una privilegiata che aveva saltato di colpo tre anni di scuola. Che idiozia. Come se urlare in un megafono «riunione dell'assemblea costituente in aula magna» indossando una kefia rendesse più affascinante un ragazzo rispetto a un altro. Ma l'abito fa il monaco, beata gioventù, e a quindici anni il rappresentante di istituto era posto praticamente allo stesso livello di fascino e carisma di un Johnny Depp.

Fui subito assegnata alla rassegna stampa. Ero parte di un gruppo, di un movimento, di una modesta ma sempre importante rivoluzione. La piccola Stella della Senna, la paladina degli oppressi, l'ideatrice della democrazia della bellezza, stava ora compiendo i primi passi contro la privatizzazione della scuola sorretta e incoraggiata da un vero compagno, il Malboro man del liceo Avogadro.

Ero felice. Potevo leggere tutti i giornali che volevo, partecipare alle riunioni, e soprattutto accumulare argomenti di cui parlare ad Alessandro. Iniziai a interessarmi di politica per conquistare un ragazzo. Più in là sarei arrivata a interessarmi anche di Psicoanalisi, Jazz, Storia dell'Arte, Anatomia Esperenziale, automobili e motociclette, basket, trasmissioni radiofoniche, arti marziali, musica elettronica, aeronautica, teatro, e tante altre cose che, anche se non mi valsero mai un rapporto serio e duraturo, mi hanno almeno dato un'enciclopedia in pillole da poter utilizzare, prima o poi, con l'uomo perfetto... Ehm.

Comunque Alessandro, al contrario dei tanti altri successivi maschi della Berarda's Life, apprezzò i miei sforzi di pasionaria: dopo poco ci mettemmo insieme. Fu il primo ragazzo con cui festeggiai più di un «mesiversario». Superare il mese era come battere un record, la tua storia diventava importante e per tutta la scuola non eri più solo Berarda o «la roscia della sezione D», ma la ragazza di Alessandro. Passavamo tutte le ricreazioni insieme cercando di conciliare i nostri amici con i nostri baci, ci aspettavamo all'uscita di scuola e lui mi riaccompagnava sempre a casa. Altro che certi uomini adulti e cafoni che ti fanno fare da autista facendosi scorrazzare di qua e di là e, quando proprio si offrono di riaccompagnarti a casa, mai che aspettassero quei due minuti che ti servono a girare la chiave e a entrare nel portone. L'ultimo uomo che lo ha fatto per me è stato un tassista. E io quasi tornavo indietro a chiedergli se fosse single.

Io e il mio cowboy avevamo gli stessi gusti musicali e passavamo ore a sentire gli U2 e i Doors, andavamo al cinema (non mi scorderò mai *Così lontano così vicino* di Wenders un po' per la colonna sonora che divenne anche la «nostra» e un po' per i mille baci aggrovigliati sulle poltrone della sala), a mangiare cinese, e stavamo ore al telefono. La cosa più bella che Alessandro fece per me fu chiamarmi nel bel mezzo della notte da una cabina telefonica solo per dirmi che mi voleva bene. E quando partì in gita scolastica per la Tunisia riuscì a chiamarmi anche da lì, solo una volta e solo per pochi minuti. Non l'ho mai dimenticato. Anche quando non c'erano i cellulari se uno sentiva davvero l'esigenza di parlare con la propria ragazza, anche solo per un minuto, riusciva sempre a farlo. Ora, quando tutto sembrerebbe più semplice grazie ai telefonini, alle e-mail e alle web-cam, alcuni uomini sono capaci di sparire per giorni interi.

Tutta questa dolcezza, premura e affidabilità mi convinsero a seguire Alessandro in soffitta. Alessandro me lo aveva chiesto qualche giorno prima quando le nostre carezze erano diventate troppo audaci per un posto pubblico come Villa Ada o un cinema. Io non avevo fatto altro che pensarci su. Tutta la mattina che passai a scuola fui come assente. Non vedevo l'ora di andare in questo posto di cui tanto avevo sentito parlare, ma allo stesso tempo mi sentivo nervosa e impaurita. Quando salimmo in ascensore non riuscii a guardarlo in faccia. Ma non volevo fare una figuraccia. Così mi feci forza e quando arrivammo all'ultimo piano alzai lo sguardo e sorrisi. Ecco, nei momenti di puro panico io sorrido. Ultimamente sono stata definita «una molto daisy», tanto che alla fine mi prenderanno al posto della mucca Milka e mi affideranno la parte della neo-mucca Berardina che cammina felice e beata fra tante margherite mangiando deliziosa cioccolata alla nocciola.

Davanti alla porta di legno ebbi un ultimo momento di esitazione, ma Alessandro mi prese per mano e la paura cessò. Ed ecco quello che mi si presentò davanti: le candele erano già state accese, dell'incenso stava bruciando da qualche parte, i cuscini sul letto sembravano morbidi e soffici, e le nostre canzoni preferite stavano uscendo dallo stereo. Figlio di puttana, il nostro: tutto sembrava caldo, rosso e accogliente.

Dopo pochi minuti finimmo sul letto a baciarci. Era la prima volta che mi baciavo con qualcuno in posizione orizzontale su un morbido materasso pieno di cuscini. Era così comodo che ci misi davvero poco per sentirmi a mio agio (capite poi perché una scrive un libro che si chiama *Sdraiami*). Alessandro iniziò a sbottonarmi la camicia. Stavolta non vedevo l'ora: avevo da poco comprato il primo reggiseno e mi sentivo davvero orgogliosa di poterlo mostrare. Lui non credo ci fece molto caso visto che me lo tolse subito e iniziò a toccarmi. Ma dico, uno fa tanto per scegliere il reggiseno più appropriato, passa le ore davanti a tutta una serie di modelli e poi, click, in un attimo ti è stato slacciato e lanciato da qualche parte (che poi finisce sempre che non lo si ritrova più) se non addirittura spostato, così che ti senti una giovane e postmoderna amazzone con una tetta fuori e una dentro, e devi sperare che le cuciture reggano e non esca fuori il ferretto.

Le carezze e i baci sulle tette non mi hanno mai fatto impazzire, almeno allora. Con il crescere, e anche con il crescere delle mie tette, cambiai idea. Comunque il fatto di rilassarmi non era da sottovalutare perché non appena Alessandro capiva che ero più tranquilla e che avevo smesso di pensare, iniziava la sua discesa verso il basso. Subito dopo i bottoni della camicia venivano slacciati quelli dei jeans. E lì, altra grande soddisfazione: slip in tinta con il reggiseno. Lo so che in fondo a certi uomini – anzi no, alla maggior parte degli uomini – non gliene frega assolutamente nulla della biancheria intima, tanto poi si leva. Ma io iniziai allora a diventare una feticista di mutandine, culotte, perizoma, reggiseno a balconcino, a triangolo, imbottito e non, guêpière, corpetti e reggicalze. Da allora non sono mai uscita di casa senza avere slip e reggiseno perfettamente abbinati. Per fortuna in seguito mi è anche capitato che qulche uomo (la media è di uno su dieci) abbia notato e apprezzato la mia lingerie.

Comunque la seconda preoccupazione era: mi devo rasare la patata? E come? E quanto? Come gli piacerà di più? E qui non c'è niente da ridere perché questo non è un problema solamente adolescenziale ma una domanda esistenziale: tuttora ogni singolo giugno su «Cosmopolitan» esce sempre un articolo su come si porta la rasatura della patata per quella stagione. «Shaved» o «totally shaved»? «Selveggia» o «alla brasiliana»? Eh sì, quanti profondi dubbi spirituali abbiamo noi donne. E ci credo che poi abbiamo problemi a raggiungere l'orgasmo. Per fortuna io andavo ancora a penthatlon, e quindi a nuoto, il che equivaleva a dire che io la mia patatina ce l'avevo sempre in ordine, come dicono le sante estetiste. Perciò, dopo la preoccupazione delle tette piccole, del reggiseno in tinta con gli slip, potevo finalmente rilassarmi nelle mani di Alessandro.

Ma la prima volta, come almeno le altre due o tre volte successive, non riuscii a lasciarmi andare completamente. Lui ce la metteva tutta, muoveva le sue dita dolcemente, cercava ed esplorava, ma a me tutto questo intrufolarsi nelle mie robe intime non piaceva più di tanto. Lo trovavo anche un po' fastidioso, ma sapevo che dovevo lasciarlo fare e che prima o poi sarebbe successo qualcosa. E infatti Alessandro, da bravo esploratore, scoprì il clitoride. E io volli davvero dargli il premio di migliore Giovane Marmotta degli anni Novanta. Ma anche qui, ogni volta che iniziavo a tremare e che stavo lì lì per venire bloccavo tutto e tornavo in me. Che deficiente. A distanza di anni mi sembra una cosa veramente folle. E pensare che ora prima di trovare uno che sappia cosa fare sotto le lenzuola ce ne vuole. A saperlo prima. Passarono perciò un bel po' di volte prima che io decidessi che era il momento di superare i miei complessi e le mie inibizioni. Ma alla fine ce la feci e la prima di «Berarda e i primi sessi» sugli schermi fu un vero successo. Accettai i tremori e le convulsioni, la respirazione affannosa, i gemiti e allargai maggiormente le gambe e (s)venni. Mi ritrovai un attimo dopo completamente distesa sul letto in una posizione alquanto lasciva e con un sorriso enorme sulla faccia. Quello che era successo di preciso non me lo ricordo. Fu come perdere i sensi per un secondo e rinascere subito dopo.

Alessandro, invece, se l'è sempre goduta fin dalla prima volta. Dopo che lui mi slacciava i pantaloni io, sempre per il principio di imitazione, glieli slacciavo a mia volta. Non fummo mai completamente nudi. Mi ricordo che uscivamo dalla soffitta sempre tutti rossi in viso e così accaldati da dimenticarci di indossare i cappotti. Comunque quello che vidi la prima volta fuoriuscire dalla patta dei boxer bianchi e blu di Alessandro lo paragonai a una razza canina, quella degli Shar Pei. Rimasi un po' male. Io chissà cosa mi aspettavo. Fosse stato almeno tutto bello dritto, felice e contento di vedermi, e invece no. Provai ad accarezzarlo, ma non ottenni i risultati che mi aspettavo. Alessandro mi venne in aiuto. Aveva capito che io ero alle prime armi e che mi serviva una mano. In silenzio (perché all'inizio si fa tutto in rigoroso silenzio) prese la mia mano nella sua e mi fece vedere come dovevo usarla. E da lì fu un vero divertimento. Non mi sembrava vero che solo con dei semplici movimenti questo piccolo e roseo cucciolo potesse cambiare così tanto. La trovavo una cosa pazzesca. Ci presi gusto e con grande soddisfazione vidi la faccia di Alessandro cambiare espressione e colore. Rimasi immobile. Un secondo dopo Alessandro mi prese per i capelli e mi diede uno di quei baci così profondi che non potrò mai dimenticare. Dovevo essere stata brava, pensai. Lui mi sorrise e mi offrì un lembo della sua camicia per ascugarmi. Carino, altro che quei deficienti che ti dicono con tono scocciato: «Ma non ti sei portata dei fazzoletti? Voi donne ce li avete sempre nella borsetta». E tu lì che speri che, prima o poi, facciano santa Lorena Bobbit.

La mia prima avventura nel favoloso mondo dei preliminari si concluse con altri mille baci interrotti solo da qualche risata e da sguardi che mi facevano sentire la più brava delle amanti. Uscimmo felici e con le guance rosse dandoci appuntamento, oltre che a scuola in corridoio, per il pomeriggio successivo. La mia storia con Alessandro continuò così, fra cinema, cene fuori (in cui il più delle volte pagava lui), regali di Natale, passeggiate mano nella mano, scambi di cassette, feste di compleanno e, soprattutto, infiniti e appassionati pomeriggi in soffitta a darci piacere l'un l'altro.

Ma come tutte le relazioni adolescenziali anche questa finì. Non mi ricordo assolutamente come e perché (la cosa assurda della vita è che certe volte ti ricordi indelebilmente le cose brutte, quelle belle svaniscono). So solo che io e Alessandro rimanemmo amici. Fu il primo, e l'unico, con cui riuscii a instaurare un meraviglioso rapporto di complicità. Adesso c'è mancato poco che non andassi di notte a bucare tutte e quattro le ruote di una macchina e a graffiare con una chiave tutta la fiancata azzurro metalizzata di Federico il Biondo. Mi hanno fermato i varchi elettronici della zona ZTL del centro di Roma. Altro che rimanere amici. Ho anche provato a convincere un vigile nel lasciarmi passare spiegandogli brevemente i motivi, ma niente. Solidarietà maschile da spogliatoio. Fosse stata una donna probabilmente mi avrebbe scortata e coperta mentre mi trasformavo in una piccola teppista vendicativa.

Shar Pei Fighting

L'amicizia con Alessandro non solo durò per tutti gli altri tre anni del liceo ma mi diede l'opportunità di conoscere Matteo, il mio successivo ragazzo, e il mio primo grande e vero amore. Io e Matteo ci conoscevamo di vista, ci scambiavamo al massimo due o tre battute a ricreazione o all'uscita di scuola ma solo se c'era di mezzo il nostro comune amico. Lui era più grande, stava all'ultimo anno della mia stessa sezione e si vedeva con una tipa della sua classe. Insomma non ci filavamo di pezza, o almeno fino a quando non andammo insieme a Londra.

Bisognava scegliere una meta per la gita scolastica. Nel capoluogo britannico potevano andarci solo i quinti ma io e l'altro rappresentante di classe mettemmo su un vero e proprio casino per convincere almeno un insegnante a portare anche noi. La politica mi stava tornando utile di nuovo. Saremmo stati l'unico terzo ad andare a Londra insieme ad altri due quinti. Fu un vero successo. Sistemare tre classi all'interno di un albergo voleva dire occupare due interi piani. La mia classe fu smembrata: una parte finì al quarto piano con il quinto A e una parte finì al terzo piano con il quinto D. Questa sistemazione si rivelò comodissima. Così noi ragazze di terzo D non dovevamo mai litigarci i ragazzi più grandi: sul piano in cui eri capitata avevi già abbastanza possibilità senza neanche prendere l'ascensore. Il concetto della giusta ripartizione democratica tornava a bussare alla mia porta. E proprio alla porta della mia stanza bussò il più alto numero di persone in quella settimana di vacanza.

La stanza in cui ero finita (separata da Flavia che se ne stava beatamente al piano di sopra) era la prima appena usciti dall'ascensore, il che equivaleva a dire che venne, quasi da subito, considerata come il prolungamento dell'atrio. Era la base, il covo, l'alloggio per tutti quelli a cui non andava di ritirarsi subito per andare a dormire ma preferivano continuare a parlare, bere e fumare seduti o sulla moquette del corridoio o sdraiati su uno dei tre letti all'interno della camera. Essere alloggiata nel luogo eletto a punto di ritrovo di mezza classe e di un intero quinto anno non era niente male, anzi.

Fu così che feci amicizia con Matteo e che vidi il primo incontro di scherma fra due Shar Pei. Un mio compagno di classe aveva deciso di scolarsi, a metà con il suo amico di sempre, un'intera bottiglia di Jack Daniel's. L'effetto fu comico e devastante: uno di loro si presentò in soli boxer (era rimasto chiuso fuori perché il suo compare di bevute e di stanza si era addormentato completamente ubriaco) a chiedere ospitalità per la notte. Alla mia amica Elisabetta non parve vero: anche se completamente andato, Michele le era sempre piaciuto e questa poteva essere la volta buona. Perché chi l'ha detto che solo gli uomini si approfittano delle donne quando sono ubriache? La mia amica gli aveva già ceduto metà del suo letto quando arrivarono quelli del quinto D di ritorno da uno dei pub della zona. E qui ebbe inizio la versione hard, o forse trash, di *Star Wars*: Michele fu sfidato a duello, ovvero a «spadate», da uno di quinto, del tutto ubriaco anche lui. Il mio compagno di classe, trovandosi in una stanza con tre ragazze, pensò bene di comportarsi in modo eroico e cavalleresco e rispose alla sfida, con l'unica differenza che al posto di una vera spada tirò fuori il suo pisello. Fu una vera e propria battaglia con tanto di spade laser. E noi donne potemmo finalmente dire di aver visto il vero lato oscuro che si nasconde dietro ogni bravo ragazzo.

A questa scena extra della trilogia venne a dare un taglio un ragazzo in jeans strappati e chiodo. Ne rimasi affascinata, nella penombra della stanza e nella confusione che si era creata non mi ero immediatamente resa conto che si trattava di Matteo. E anche lui, quando si girò verso noi ragazze per chiederci scusa a nome del suo amico ubriaco, rimase stupito nel trovarmi in quella stanza. Io passai tutta la notte, e il giorno dopo, a martellare le mie amiche su quanto era carino, su come avevo fatto a non notarlo prima e su come sarebbe stato bello poter uscire con uno così. Perché Matteo, oltre a portare sempre jeans rovinati e giubotto nero di pelle, aveva anche tre orecchini e soprattutto un tatuaggio, sul dorso della mano, che si era fatto fare da una sua amica con l'uso di una siringa. A me sembrava fichissimo.

Matteo era l'apoteosi del ragazzo rock-metal ma dal cuore tenero. Secondo i canoni di giudizio a cui io e Flavia facevamo riferimento, lui era un raro e perfetto esemplare di Uomo Profiterole: «bono, dolce e co' le palle». Me ne innamorai subito.

Anche le mie amiche avevano da un po' di mesi un ragazzo fisso: Francesca stava con Pablo, Federica con Alessandro, Flavia con Andrea. Ci sentivamo parte di un gruppo, di una setta, di una specie di società elitaria rispetto a tutti gli altri sfigati che se ne stavano soli soletti o si mettevano e lasciavano di continuo. Noi eravamo quelle fidanzate, anzi felicemente fidanzate. E da questo nostro sentirci molto speciali nacque l'idea di dare un nome, una sigla al nostro quartetto: SPT. Ognuna di noi ha mantenuto il segreto di questa sigla fino adesso, perciò, purtroppo, neanche fra queste pagine potrò svelarne il significato. L'unica cosa che posso dire è che ciascun membro del gruppo aveva un numero, dato a seconda di quando aveva fatto per la prima volta l'amore con il proprio ragazzo. Perché noi siamo state sempre delle «brave» fanciulle che si concedevano solo al loro fidanzato dopo mesi di tentennamenti e indecisioni e, cosa fondamentale, facevamo tutto in preda a un cieco e folle innamoramento. Erano ancora lontani i tempi in cui «l'avremmo data» anche solo per amicizia, complicità, passione o solitidune.

Al liceo farlo per questi motivi ci sembrava quasi impossibile. Quindi c'erano SPT1, SPT2, SPT3 e SPT4, che ero io. E sì, io sono stata l'ultima del gruppo. Con Matteo stavo benissimo, lui era adorabile e andavamo spesso in soffitta (la stessa dove andavo con Alessandro, viva la cooperazione fra ex) ma non mi sentivo ancora pronta per fare l'amore. Il mio ex e il mio attuale ragazzo erano, infatti, talmente amici – si chiamavano «fratelli» – che avevano deciso di condividere tutto, anche la mansarda. Così io e Simona (la nuova ragazza di Alessandro), oltre a diventare buone amiche e a condividere le uscite a quattro, condividevamo anche lo stesso letto. Tanto che a Natale avevamo addobbato insieme la soffita e ci eravamo organizzate sugli orari per portare su i nostri fidanzati e fargli vedere le nostre decorazioni, e non solo... Insomma, allora nessuno si faceva problemi di sorta e le gelosie fra amici che si «passavano» la ragazza non esistevano.

Mi dicevo che se proprio non ce la facevo a decidermi con Matteo, al massimo avrei potuto fare come una mia compagna di classe che, pur non avendo mai e poi mai ceduto per due anni alle suppliche del suo ragazzo (oggi si direbbe santo subito), lo ricompensava con dei gran pompini. Come faccio io a saperlo? Perché il ragazzo in questione era il mio compagno di banco nonché amico e confidente di fiducia. Bisogna sempre avere una spia nel campo nemico. Insomma, questa Veronica passò alla storia, non tanto per essersela cucita (anche se tutte noi SPT tentammo più volte di convincerla a tagliare il filo), ma soprattutto per essere stata la prima ad aver «bevuto». Questa ragazza e i suoi pompini divennero pura leggenda e ne parliamo ancora adesso, quando ci riuniamo fra ex-compagni di classe.

A metà febbraio 1995 decisi che era arrivato il mio momento. Convocai le mie amiche e diedi loro la grande notizia. E lì giù domande per mettere alla prova la mia convinzione: «Sei sicura? Sul serio? Ma lo fai perché lo ami davvero o solo perché te lo ha chiesto lui? Pensi che se gliela dai lui non ti lascerà? Allora se sei davvero così innamorata in bocca al lupo e ricordati che domani mattina ci vediamo davanti scuola alle 7:30 per i dettagli». Dopo aver superato l'esame con una votazione unanime di 30 e lode iniziai a prepararmi per la gran serata. Comprai un nuovo completo intimo, mi depilai con attenzione maniacale, e chiamai Alessandro per farmi dare le chiavi della soffitta e metterci d'accordo sull'orario. Adesso una cosa del genere con un mio ex non potrei mai farla. Probabilmente cospargerebbe le lenzuola di una qualche sostanza tossica che renderebbe prima i nostri corpi nudi mezzi bruciacchiati e poi ci farebbe stramazzare al suolo a causa del veleno. Invece allora no. Avevo preparato tutto, a questo punto mancava solo Matteo. Per non fargli capire subito le mie sporche intenzioni andammo prima al cinema a vedere *Stargate*. Dopo il film ci ritrovammo fuori dalla sala sotto un'acquazzone mai visto. A quel punto mi sembrò un'ottima scusa chiedergli di proseguire la serata in soffitta. Lui, da bravo adolescente arrapato, fu stra-felice della mia proposta.

La prima volta che feci l'amore non capii niente. Mi ricordo solo che l'atmosfera era calda, le candele donavano alla stanza un colore fra il rosso e l'arancione, e dallo stereo riuscii a percepire, a tratti, le parole di *Always* di Bon Jovi e quelle di *Stairway to Heaven* dei Led Zeppelin. Ero tutta concentrata sul mio fidanzato che cercava di muoversi il più lentamente possibile per non farmi male. Ma nonostante la sua delicatezza io provai dolore, un dolore particolare di quelli che camminano a braccetto con il piacere sulla lama di un coltello. Cosa evidente anche dalle mie reazioni: piangevo per il male e sorridevo di gioia. Le mie lacrime cadevano sempre su un sorriso che a volte diventava una specie di risata soffusa da condividere solo e soltanto con Matteo. Ero così felice che non mi chiesi neanche se mi era piaciuto o no. Era stato tutto così perfetto, esattamente come me lo ero immaginato, che non pensai neanche per un secondo al mio puro piacere fisico. Lo realizzai solo il giorno dopo con le mie amiche davanti scuola.

Come d'accordo arrivammo tutte e quattro alle 7:30 (e io che di solito varcavo il cancello giusto cinque minuti prima della campanella) e ci mettemmo un po' defilate dall'entrata principale. Le mie amiche mi fecero un sacco di domande, di quelle a cui tu non penseresti mai. Francesca, che era la più scafata, mi chiese: «Bè, tu sei venuta?» E io: «Ehm... beh... ora che ci penso, no». «Allora hai finto?», «Finto? No, neanche quello. Non m'è proprio venuto in mente. Stavo lì tutta presa, fra le lacrime e i sorrisi che proprio non c'ho pensato. Oddio, aspettate un attimo, ma quindi, Matteo, non solo non se n'è accorto, ma manco s'è posto il problema!» (e adesso, mentre scrivo, vi giuro che avrei una voglia matta di chiamarlo per telefono e chiedergli se almeno ci aveva fatto caso oppure no. Comunque, che stronzo).

Solo Flavia mi venne in aiuto: «Dài, Bè, non ti preoccupare, le prime tre o quattro volte è sempre una sòla. Poi migliora». «Che cosa? Altre tre o quattro volte così? Vabbè, se lo dici tu». Da quel giorno diventai la SPT numero 4 e da quel giorno iniziarono le vere e proprie «riunioni» con tanto di resoconti dettagliati sulle nostre avventure e sperimentazioni sessuali. La giornata topica in cui ognuna di noi aveva qualcosa da raccontare era il lunedì perché il sabato sera era di solito relegato all'uscita col proprio fidanzato, anche se la maggior parte delle volte uscivamo tutti insieme formando gruppi di coppie da quattro, sei o otto.

Bastava che uno di noi avesse casa libera per quella sera che mettevamo su una pseudo-cena con pasta fatta all'ultimo minuto, pizze ordinate via telefono, vino, birra, canne e preservativi. Perché a un certo punto della serata ogni coppia spariva da qualche parte e ci si rincontrava giusto quei cinque minuti prima di andare via per mettersi d'accordo su chi dovesse essere riaccompagnato prima a casa.

Le riunioni SPT andarono avanti per tutto il liceo e, finito questo, continuarono all'Università e anche dopo, fino a raggiungere l'altra sera a casa di Flavia a cena. Sono cambiate gran parte delle mie amiche, i ragazzi di cui parlare/sparlare anche, ma il bisogno di raccontare è sempre rimasto lo stesso. Qualcuno mi ha chiesto se il fatto di sapere che un uomo possa fare un resoconto su di me mi avrebbe creato dei problemi. Il punto è (mi sono lungamente documentata con i miei amici su questo punto) che di solito le chiacchere da spogliatoio maschile sono completamente opposte a quelle da aperitivo femminile. L'uomo tende a vantarsi, le donne no. Né io, né nessuna delle mie amiche o conoscenti, abbiamo mai gonfiato le capacità (e le capienze, sì insomma quella roba lì) dei nostri partner, ci siamo sempre mantenute sulla linea della sincerità apprezzando, o criticando, in modo corretto ed equanime, le nostre storie di sesso. Per gli uomini no, il concetto di sincerità pare non essere contemplato (e non solo in questo caso). Tu passi sempre o per la mignotta di turno o per la fica di legno. Non esiste via di mezzo. E la cosa pazzesca è che, nonostante la più grande aspirazione di ogni singolo maschio sulla faccia della Terra sia avere una che «faccia i numeri a letto», se poi questa ragazza diventa la sua fidanzata, allora no, non va bene. La consulta femminile, che si tramanda da millenni di generazione in generazione, è, in poche parole, un work in progress sul sesso.

Per l'uomo altro che work in progress. Ci sono casi di maschi adulti che a quarant'anni ancora vanno in tilt al primo bacio o pensano che a tutte noi piaccia essere scopate allo stesso modo. E questo perché negli spogliatoi si sparano solo stronzate. E pochi uomini memorizzano quello che è piaciuto a una donna, di solito tendono a non farci caso o a dimenticarlo, diventando così ripetitivi e monotoni.

Comunque, ritornando al liceo, dopo la mia prima volta ne seguirono molte e molte altre decisamente più soddisfacenti. Arrivati al numero cento, io e Matteo festeggiammo. Lo so, è tanto pazzesco quanto trash, ma allora lo trovavo romantico. Dovevamo segnarcele le volte che andavamo a letto insieme, sennò perdevamo il conto. Ora, invece, mi è capitato di frequentare una persona per circa due anni e i nostri incontri ravvicinati si contano facilmente utilizzando le sole dita delle mani.

A oggi direi che se per il mio fidanzato gli orgasmi erano stati un centinaio per me si trattava sicuramente di un numero inferiore. Perché bisogna dirlo, noi donne fingiamo da sempre e continueremo a farlo nei secoli e nei secoli. Amen. Io ho iniziato a fingere a sedici anni e mi è capitato di continuare a farlo molte altre volte. Non ci vedo niente di così grave. La cosa che trovo davvero incredibile è come nessun uomo con cui abbia simulato un orgasmo se ne sia mai accorto.

Comunque il sesso con Matteo migliorava di volta in volta e, più lo facevamo, più ci piaceva, e più ci sentivamo uniti. Ho iniziato a parlare a letto verso i diciassette anni, e oggi potrei stampare un libro intero (ovviamente XXX-rated) con i miei porno-discorsi.

La nostra storia durò quasi due anni. Solo per un istante pensai che lui era il «classico» ragazzo del liceo con cui sarei stata per un po' ma non per sempre, e che alla fine ci saremmo lasciati perché è così che vanno le cose. Lo pensai solo una volta, lucidamente, mentre andavo in bagno a fumare una sigaretta con le altre SPT. Ma scacciai il pensiero immediatamente, tanto che non lo riferii mai alle mie amiche. In realtà avevo avuto ragione, ero stata per la prima volta cinica e per la prima volta avevo fatto un giusto pronostico. Matteo, più grande di me di due anni, finì il liceo e andò all'Università iscrivendosi a Scienze della Comunicazione. La nostra relazione, pensai, se supera questo anno in cui io sto ancora al liceo e lui no, durerà per sempre.

L'anno scolastico lo superai, ma come da copione Matteo mi lasciò quell'estate, da una cabina telefonica. Avevamo deciso di passare una parte delle vacanze separati, io in Inghilterra con Flavia, lui in giro per l'Europa in treno con i suoi amici. Saremmo poi andati tutti insieme in campeggio ad Agosto. E invece, dopo circa una settimana in cui non avevo più ricevuto sue notizie, preoccupata che ci «fosse rimasto» ad Amsterdam, iniziai ad avere uno strano presentimento, il tipico sesto senso femminile, quello che di solito non sbaglia mai. Matteo, infatti, mi telefonò dicendo che, durante questo viaggio, aveva capito che eravamo troppo diversi per stare insieme e che pertanto ci saremmo dovuti «prendere una pausa di riflessione». Dio, come sono stronzi i maschi con questi loro giri di parole. Non ebbi neanche il tempo di replicare «stronzo, fedifrago, rattuso», perché una voce molto metallica e molto straniera mi comunicò che il tempo a disposizione stava terminando e subito dopo sentii il mio fidanzato, ex-fidanzato, dirmi che aveva finito i soldi e che doveva riattaccare.

Per telefono fui mollata, da un telefono pubblico. Lo dovevo capire allora che gli uomini sono dei senza palle. Altro che Uomo Profiterole, qui si trattava di uomo-gelato sciolto alla vaniglia. In più, in campeggio, lui ci andò con un'altra, nonostante mi avesse giurato che non c'era nessun'altra ragazza di mezzo. Dicono tutti così, anche l'ex più recente di Flavia, dopo nove anni passati insieme e uno di convivenza, l'ha piantata da un giorno all'altro inventando un'infinità di balle quando, invece, se la stava facendo da mesi con una di Milano. E la scusa che non te lo dicono perché «poi tu staresti ancora peggio» è la stronzata più assurda che il genere maschile potesse mai inventare. Tanto uno già sta male, a questo punto credo che, male per male, tanto vale dire la verità, così poi, dopo la batosta finale, non si può fare altro che risalire, invece di lasciarci ancora quel milionesimo di speranza che, prima o poi (molto poi),« torneremo insieme».

Insomma, il mio meraviglioso ragazzo del liceo mi piantò per una dai ciuffi rossi (aveva i capelli neri corvino con due ciocche tinte sul davanti). Al campeggio, avevo i miei informatori, ovvero gli amici comuni che appoggiavano la mia causa, ed erano lì per osservare e rapportare. La nuova fiamma di Matteo rimase storica per aver pronunciato questa frase: «Ahò, ma se nun c'ho manco 'a forza de sgrullà 'na cappella», con lo scopo di spiegare a una mia amica che era talmente stanca da non essere assolutamente in grado di pulire il saccoapelo sgrullandolo delle briciole come, a quanto pare, non era neanche in grado di fare una sega al ragazzo di turno, cioè il mio ex.

Ecco, essere mollata per una del genere mi ha fatto crollare il mondo addosso, fu la prima vera batosta, quella che intaccò per la prima volta la mia autostima (oggi che esistono i «corsi di autostima» si direbbe così) e che mi portò sempre a lasciare per prima tutta una serie di ragazzi ogni volta che vedevo che le cose iniziavano a mettersi male.

Poi, una volta tornata a riavere fiducia nel genere maschile, sono iniziate tutta una serie di delusioni fino ad arrivare all'incontro devastante con l'adorabile, quanto problematico ragazzo, «il biondo» (di cui vi ho già parlato) che, dopo quasi dieci anni, è riuscito a farmi passare dalla padella nella brace, dalla brace nell'altoforno, dall'altoforno quasi alla tomba – visto che con lui sono perfino sopravvissuta a stento a un incidente stradale. In fondo c'erano stati dei segnali che dovevano farmi intuire che Matteo non era poi il massimo a cui potevo aspirare ma, come spesso accade quando si è innamorati, si produce una cecità più profonda di quella di Ray Charles e Stevie Wonder. Anche se poco più che diciottenni, i tipi che frequentavo al liceo incarnavano già alla perfezione il tipico maschio adulto italiano. Come ha detto saggiamente un mio amico, certa gente sarebbe da buttare in mezzo alla Curva Sud con indosso la maglietta della Lazio. Così li fai fuori da piccoli, quando sei ancora in tempo, perché il vero dramma dei maschi è che con gli anni non cambiano di una virgola, anzi, se mai, peggiorano.

Il calo di quota

L'ultimo anno di liceo finì fra lo strazio pallosissimo degli esami di maturità e il mio ultimo, disperato tentativo di far capire al mio amichetto di classe che, in fondo, dietro la mia amicizia c'era molto di più. Gli regalai la mia copia di *Jack Frusciante è uscito dal gruppo*, certa che avrebbe capito, ma niente. L'unica cosa che seppe dirmi fu che solo io potevo fare un regalo del genere e, al mio «ti voglio bene», lui rispose semplicemente «grazie». Grazie?

Come ogni anno anche quell'agosto andai a Trecchina, e fu una vera moria. Il gruppo si era sfasciato, nessuno veniva più, i pochi rimasti erano fidanzati e felici, e io ero disperata. Il mito del paesello felice e gaudente era caduto proprio nel mio momento del bisogno. Mi rassegnai a passare l'estate sola soletta, lessi una quantità spropositata di libri, e approfittai di ogni momento per andare al mare. Il sole almeno non mi aveva tradito e quell'anno mi regalò una meravigliosa abbronzatura. Fatto sta che per tutto agosto non successe nulla. Dovevo infatti aspettare gli ultimi due giorni del mese per fare l'incontro che avrebbe condizionato l'anno e mezzo seguente della mia vita.

La spiaggia era semideserta, la maggior parte della gente era già rientrata in città, ma io e le mie cugine ci godevamo ancora gli ultimi sprazzi di vacanza quando, in lontananza, notai una figura maschile dirigersi verso di noi. Era Piergiorgio, aveva ventisei anni, un metro e ottanta di altezza, fisico scolpito, capelli castani, occhi verde oliva, pilota dell'Aeronautica Militare. E in più era venuto al mare in moto. Dopo la sua presentazione io rimasi «sdraiata» e già mezza innamorata.

Lui si sedette accanto a me e, dopo una breve conversazione, mi invitò a fare il bagno. All'epoca avevo ancora la proporzione tette zero / culo dieci, ma in quel momento non ci pensai, invece lui sì. Mesi e mesi dopo, quando già stavamo insieme, mi confessò che quando mi ero alzata per andare in acqua ci era rimasto un po' male: «Da sdraiata non avevo notato che avessi i fianchi così abbondanti». 'Sto deficiente. In effetti era vero, ma certe cose non si dicono, o almeno non così. Ma lui era bello, e io abbozzavo. Mi dicevo che un figo così ti capita una sola volta nella vita e a una «fortuna» del genere non si può certo dire di no. Povera illusa.

Solo per il primo mese mi sentii bella, attraente, sicura e forte, e niente lasciava presagire la mia vicinanza al baratro in cui stavo per cadere. Quella fu l'unica volta in cui riuscii a fare quello che in seguito non sono più stata in grado di mettere in pratica e cioè frequentare un ragazzo come se non me ne fregasse niente.

Non credevo proprio di interessare più di tanto a Pier, in fondo lui era molto più grande di me e io potevo essere solo una storiella fra le tante. Così sul podio delle priorità misi al primo posto la mia vita, poi i miei amici e sul gradino di bronzo posizionai la mia nuova relazione. Non a caso quando Elisabetta, una mia ex-compagna di classe, mi invitò alla sua festa di compleanno decisi di andarci da sola adducendo una marea di scuse con Pier. Sapevo già come si sarebbe svolta la serata, da semplice festa di compleanno si sarebbe ben presto trasformata in un festino e il pensiero di avere accanto Piergiorgio non mi passò per la mente neanche un istante.

Come esempio di queste festicciole vale quella che Flavia organizzò per i suoi diciotto anni a casa sua. Cacciò i genitori e il fratello più piccolo (rientrarono solo la mattina successiva trovando me e lei intente a rifocillarci in cucina dopo avere tentato di pulire e mettere a posto) e invitò un numero di persone di molto superiore a quello che i metri quadrati del suo appartamento potessero contenere. Dopo averla aiutata a organizzare tutto andai a casa a cambiarmi e quando tornai trovai questa situazione: metà degli invitati era già ubriaca, un paio di nostri amici avevano bevuto Coca-Cola e trangugiato aspirine e ora se ne stavano sdraiati sotto al letto di Flavia dicendo che vedevano il cielo stellato, la nostra amica Elisabetta stava malissimo e vomitava – ma tra un conato e l'altro imprecava contro l'alcool che non le permetteva di rimorchiarsi Michele (che però le reggeva amorevolmente la testa e i capelli), Massimo correva per tutta casa cercando di sfuggire a Veronica (si erano mollati) che lo rincorreva urlando: «Vieni qui. Ho voglia di farti un pompino», Vittorio si era portato dietro qualche amico e se ne stava in cucina a rollare canne e a tirare coca interrompendo il tutto solo per convincere Veronica a sperimentare su di lui ciò che andava urlando, Simona si era rinchiusa in bagno – divenuto il postribolo della casa (i genitori di Flavia, avevano, preventivamente, chiuso a chiave la loro camera da letto) – ad amoreggiare con qualcuno, o almeno fino a quando aprì la porta, buttò fuori il povero malcapitato e urlò: «Datemene 'n artro!» (il tipo aveva bevuto e pippato troppo e a quanto pare la sua virilità ne aveva risentito). Flavia, intanto, era appena riuscita a mandar via il suo nuovo fidanzato, «faccia a triangolo» (per i suoi lineamenti spigolosi), e ora rosicava perché nessuno se la filava di pezza.

Ma quello che appagò maggiormente me e Flavia da tutte le nostre fatiche fu beccare Francesca a pomiciare di nascosto sul divano con un tipo che odiava da sempre, almeno fino a quella sera. Scoop. Quella fu una grande soddisfazione da rotocalco scandalistico con cui presentarsi il lunedì mattina a scuola.

Ecco, questa era la «classica» festa a cui sarei andata senza il mio Ufficiale ventisettenne ma solo con la mia inseparabile amica. Al mio ritorno Pier disse che aveva sottovalutato le cose, che io era una pazza da tenere un po' sottocontrollo, che non gli era piaciuto essere mollato nel weekend per una festa a cui non lo avevo portato, e che aveva capito che a me ci teneva davvero e voleva che la nostra storia prendesse una piega più seria. Favoloso. Neanche l'avessi fatto apposta. Avevo un pilota dell'Aeronautica innamorato di me. Peccato che tutto questo sentirmi amata e coccolata durò poco. Comunque almeno allora c'era qualcuno a cui dava fastidio se veniva abbandonato per una sera e se alla sua compagnia, ogni tanto, si preferiva quella dei propri amici.

Mi fidanzai di nuovo e 'sta volta, per amore e per paura che il mio pilota prendesse il volo, mi trasferii a casa sua. A neanche vent'anni feci le valigie e traslocai. Ora, com'è la convivenza con un figo? Terrificante. Il suo cellulare squillava continuamente: erano le amichette di turno. Vero è che tagliava corto, almeno quando c'ero io (e ci mancherebbe, direi ora) ma la sensazione sgradevole restava comunque. Condividere lo stesso letto, lo stesso bagno, la stessa cucina con un ragazzo da copertina ti rende piena di complessi. Ti cominci a chiedere perché uno così stia con te e inizi a pensare che non appena l'innamoramento finirà lui farà caso a tutte le tue imperfezioni.

Pier non mi fece mai sentire bella e desiderabile anzi, una volta, mi disse che se fosse stato il mio personal trainer mi avrebbe messo sotto torchio per perdere quei tot chili in quelle determinate zone del corpo. Mi elencò anche tutti i vari esercizi che avrei dovuto fare: un misto di campo di sopravvivenza estremo, training da ginnaste bulgare e addestramento di dobermann da difesa. Rimasi malissimo. L'età dorata della mia adolescenza, dove anche le mie tette in miniatura avevano suscitato l'interesse di mani vogliose, sembrava essere irrimediabilmente finita: i maschi adulti si rivelavano una brutta copia dei loro piccoli predecessori.

Eppoi Pier non perdeva occasione per fare apprezzamenti su qualsiasi donna lui trovasse attraente. Le belle erano belle e le brutte erano sexy. Il suo ideale di donna era la Folliero, la bellissima che presenta i Bellissimi su Rete4: alta, mora, tette enormi e fianchi ben proporzionati. Praticamente il mio esatto opposto. L'altro suo cruccio era la Dandini: davvero sexy. E io lì a subirmi tutti questi commenti.

Il mio bel pilota, dopo qualche mese di convivenza, iniziò a perdere interesse nel sesso. Avevamo di media ventitré anni e mezzo e facevamo l'amore una volta a settimana, neanche fossimo stati una coppia di cinquantenni sposata da trenta. Ero disperata. Ne parlai con Flavia. Lei rimase sconvolta: «Ma ti pare che state insieme da neanche un anno e già gli è passata la voglia? A Berà, non è normale. Ma che tristezza, manco i miei. Di sicuro i nostri genitori lo fanno più spesso». Ecco, al pensiero che anche i miei se la spassassero più di me mi sentii quasi svenire.

Il mio umore stava colando a picco e iniziavo a darmi la colpa anche della sua mancanza di voglia nel fare sesso. Cosa era successo? Dove erano finiti i tempi del liceo in cui io e Matteo festeggiavamo le cento scopate tentando di guadagnare terreno e raggiungere le cinquecento di Alessandro e Simona? Mi domandavo se con l'età i ragazzi diventavano più pigri, noiosi, e sedentari, oppure se era Piergiorgio che proprio non andava bene. O invece ero io che non riuscivo ad accettare il fatto che con la convivenza, la quotidianità, lo stare insieme da tanto, le cose cambiano. C'era qualcosa di sbagliato nel voler fare l'amore col proprio fidanzato il più possibile ogni volta che se ne aveva voglia? Forse dovevo darmi una calmata. Ma no, dovevo solo trovare qualcuno che avesse tanta voglia di sdraiarmi almeno quanta ne avevo io di essere sdraiata.

Ma per arrivare a queste piccole verità ho dovuto attraversare una valle di lacrime fatta di maschi adulti ma interiormente ancora bambini, di intellettuali tanto pieni di sé quanto privi di rispetto per le donne, di ragazzi fisicamente grandi e grossi ma giuggioloni e infantili nei rapporti di coppia, di quarantenni affermati ma dimentichi di come si bacia e si corteggia una ragazza, e di uomini fidanzati in cerca di una amante sempre pronta a rispondere ai loro desideri. Non esiste più l'uomo di una volta.

Comunque, prima di passare al racconto e all'analisi di tutte queste avventure/disavventure femminili alle prese col maschio moderno, vorrei concludere il capitolo con due righe dedicate a quello che io voglio da un uomo. Perché a furia di giudicare, criticare e disapprovare i comportamenti maschili potrei passare per quella indecisa, incerta o addirittura misantropa, quando, invece, io amo gli uomini, li amo tutti follemente.

Quello che cerco è un Uomo Profiterole, come tanto saggiamente dicevo al liceo, che sia bono (almeno per me), dolce (si prenda cura della sua ragazza), e con le palle (sicuro e deciso soprattutto nei momenti difficili). E magari questo ideale di uomo si sposa con quello della donna pasticcino, rotonda, gaudente e solare, tanto irresistibile da mordere quanto un bignè alla crema. Ovviamente quando andavo in giro affermando tale teoria ero una liceale felice che credeva ancora alle favole con tanto di principe azzurro che viene a salvare la principessa. Crescendo, poi, ho iniziato a vedere le cose da un altro punto di vista, quello del disincanto, e mi sono resa conto che l'uomo perfetto non esiste e che anche il migliore lavoro di pasticceria umana richiede dei compromessi.

Se telefonando...

Squilla il cellulare: «Matteo R.». Matteo? Ma che vuole ora questo? È una vita che non ci sentiamo. Vabbè, fammi rispondere.

«Pronto?».

«Ciao Bè! So' Matteo».

«Ciao! Come va?».

«Bene. È da un sacco che non ci sentiamo».

«Eh sì» (già l'ultima volta sarà stata per la mia laurea, vabbè che poi mi ha chiamato con un mese di ritardo mentre io ero all'isola d'Elba in macchina a cambiarmi di vestito per andare a ballare, e lui mi ha attaccato un pippone gigantesco sul fatto che si era licenziato, che lui in un'azienda non ci poteva lavorare, e no, che non poteva stare dalla parte dello sfruttatore quando tutti i lavoratori venivano pagati poco, che lui, invece, faceva il saluto col pugno chiuso agli operai, che erano tutti contenti e lui così ha capito e si è licenziato. Perché non si può lavorare in questa società capitalista, ecc. Che non è giusto, perché Marx, ecc. E allora mi sono licenziato).

«Ma mi ascolti?».

«Sì, sì, allora come va? Trovato lavoro?».

«Da paura! Pensa adesso oltre a insegnare basket ai ragazzini nei centri estivi aiuto anche mio cugino allo studio».

«Ma chi? Il veterinario?».

«Sì, dài, ti ricordi? Dove portavamo Oblivion» (ehm, veramente dove *io* portavo Oblivion).

«Sì mi ricordo. Ma tu che ci fai lì? Mica ti sei laureato in Veterinaria? Non era Scienze della Comunicazione?».

«E lo so, ma ora sto prendendo una specie di diploma che mi permette di dargli una mano allo studio. Troppo figo! Non puoi capire quanto mi diverto con tutti quei cagnoloni, li chiamo tutti "belli de' zzzio!". Figo, eh?» (mmmm... Eh sì, 'na figata).

«Sì, sì».

«Ma tu che fai?».

«Niente di che. Ho lavorato per un po' per un pittore, ma questo credo che lo sapevi, poi mentre scrivevo un libro sono stata un po' in un atelier di moda e un po' mi sono messa a fare la cameriera. Sennò l'affitto come lo pagavo?».

«L'affitto? E perché vivi da sola?».

«Sì, da un po'. Con un paio d'amiche, a Rione Monti».

«Figo! E il libro? Ma davvero scrivi?».

«Eh sì. Uscirà fra un po'. Non so bene quando, si intitola *L'adorazione del piede*».

«Maddài? Senti, volevo dirti... che... sai, Monica?».

«Quella con cui stai?» (me la ricordo benissimo, altro pippone che mi hai attaccato tre anni fa quando siamo andati a prendere una birra. Che lei è piccola, che non ti capisce, che tu vuoi qualcuno che ti segua nei tuoi discorsi, che invece ti ritrovi solo a fare dei monologhi, però anche lei gioca a basket, ma certe volte è proprio una ragazzina).

«Esatto. Quella lì. Sai ci so' stato 'na cifra d'anni».

«Eh già».

«Insomma, senti, pensavo, ora io e Monica ci siamo lasciati, tu sei cambiata, sei cresciuta» (ma guarda 'sto stronzo. Certo che sono cresciuta! Sei tu che stai ancora a pensare a Marx e a Cuba).

«Insomma, ecco, visto che ora lei non c'è più, e io non corro il rischio che qualcuno mi tagli la testa, che ne dici di uscire? Di rivederci?».

«Beh, non saprei. Magari ci penso. Che so, ti chiamo io la prossima settimana che questa sto un po' incasinata, ok?».

«Ok. Allora ci sentiamo».

«Va bene. Ciao».

Ahhh! Ma vaffanculo! 'Sto stronzo! Ma dico io non solo mi ha piantato al liceo per telefono da una cazzo di cabina telefonica perché si doveva trombare la sgrulla-cappelle dai ciuffi rossi, ma adesso, solo e soltanto, perché si è lasciato con Monica prende il telefono e mi chiama per invitarmi a uscire?

Ma non ci si crede alla faccia da culo che ha certa gente. Dopo anni e anni, ora che poverino è single, che fa? Va a scartavetrare sul fondo della pentola e chi trova? La sua fidanzatina del liceo. Perché qua altro che minestra riscaldata, qua si tratta di sbobba che dopo un decennio forse se non è andata a male si è ormai rifatta un'altra vita. 'Sto presuntuoso del cazzo. E poi pensa che palle uscirci: ancora lì a parlare di come unirsi contro il sistema per creare una rivoluzione permanente, di Fidel e del Che e di come sarebbe bello emigrare a Cuba, perché lì sì che avrebbe senso lavorare, almeno si lavorerebbe in una società più giusta. Col cazzo che ci esco. Magari però dovrei chiedere un parere a Flavia. Sì, ora la chiamo.

COME «NON» FARSI UN FIDANZATO

«Non»

E poi ci sono i periodi della vita in cui sei single. Parliamoci chiaro: nonostante quello che scrivono i giornali essere single, se non è una deplorevole fase di passaggio, è una miserevole condizione di mancanza e povertà umana. Può essere divertente per sei mesi, un anno al massimo. Dopo, diventa il metro negativo di tutte le tue esperienze.

Quando sei single, la parola che assume più importanza nella tua vita è «non». Se «non» ti curi e «non» ti trucchi è perché «non» hai un uomo. Se ti curi e ti trucchi lo fai troppo, come se il fatto di «non» avere un uomo dovesse stimolarti a un miglioramento continuo, per acchiapparne uno. Se ti invitano per un fine settimana fuori, rispondi di sì, tanto «non» avevi programmi. Anche il fatto che «non» hai ancora visto un film o «non» sei mai stata in un posto finisce per sembrarti la naturale conseguenza del fatto che «non» ti ci ha ancora portato nessuno. Quando ogni cosa che «non» vivi o «non» fai ti sembra tristemente riconducibile al fatto che «non» hai un uomo, allora ci siamo, ti stai inzitellendo.

Perché, in fondo, quante sono le donne veramente felici di questa condizione? Quante sono quelle che escono, vanno per locali, ad aperitivi, cene, party e serate danzerecce, per poi tornare a casa tranquille e felici – soprattutto, sole solette – con il sorriso sulle labbra e la coscienza a posto? Quante? Nessuna. Tutte noi speriamo *sempre* di rimorchiare. Che poi il tipo non ci piaccia e lo scarichiamo con la stessa velocità che impieghiamo a ordinare un Margarita non importa. Ciò che conta è avere qualche numero di telefono da dare in pasto al nostro orgoglio e da utilizzare, forse, in seguito.

Anche la tua vita sessuale può essere più o meno attiva, ma questa particella negativa la condiziona sempre. Rispetto al sesso si danno infatti le seguenti fasi:

a) In questo periodo «non» fai sesso. Detta anche Era Primaria della Suora, questa fase si caratterizza in un primo momento con morbose fantasie mentali sui tuoi ex. Seguono fissazioni su figure sociali improbabili e sempre più trucide, fino all'arrapamento per gli operai stradali a torso nudo, magari con un po' di panza che fa più maschio. Oppure uomini che parlano solo in dialetto perché hanno la terza elementare, e questo ti fa supporre che tutto il tempo che gli altri hanno passato a scuola o all'Università o ai corsi di formazione, lo abbiano trascorso a letto con le signore dell'alta borghesia per cui fanno i giardinieri, i maestri di fitness, gli idraulici e i fiorai. Oppure uomini che hanno la terza elementare e lavorano in fabbrica, ma al contrario degli idraulici e dei giardinieri (che di solito sono pacificamente qualunquisti o blandamente di destra) hanno dedicato tutta la vita alla lotta di classe, e questo li rende ancora più arrapati e femminieri nei rari momenti di distrazione fra un corteo e un picchetto. Oppure uomini fidanzati con una che «non» conosci, che riconfermano con il loro status di accoppiati la tua miseria di single, e soprattutto che «non» lasceranno mai la compagna per te. Oppure uomini fidanzati con la tua migliore amica, che ci provano senza tregua e questo alimenta morbosi sensi di colpa (tuoi, ovviamente, «non» loro). Oppure uomini fidanzati con una stronza che conosci, e che «non» è tua amica. E questo rafforza la tua frustrazione, perché perfino una così è riuscita a sistemarsi e tu invece «non» sei neppure riuscita a dare un senso alla tua vita.

Questa fase primaria di «non»-sesso dura un po', e l'importante è che non si cronicizzi (di solito dopo sei mesi) diventando:

b) L'Era Secondaria della Suora, detta anche Età delle Vacche Magre. In questa fase «non» fai sesso, «non» ne vuoi sapere degli uomini, «non» hai stimoli, e ti dai come scusa il fatto che in questo periodo «non» ne hai bisogno, perché vuoi del tempo da dedicare a te stessa. La vita si caratterizza con clamorose attività palliative che servono in realtà a spostare il problema, a rimuoverlo come un'auto in sosta su un parcheggio per disabili, a ridurlo come un estratto liofilizzato e sbriciolato: fai molto sport, vai in bicicletta, ti iscrivi a un corso di quella lingua che avresti tanto voluto studiare, frequenti un circolo di sommelier per diventare esperta di vini (in realtà dovresti solo assaggiare, si sa, ma due volte su tre devono riaccompagnarti a casa in barella), sfogli compulsivamente cataloghi-vacanze di luoghi esotici in cui da sola «non» andrai mai, fai shopping comprando cose che «non» metterai mai perché tanto «non» ne hai l'occasione ma «non» si sa mai. Ormai ti stai trasformando in una Suora Compiuta e Realizzata, mutamento che si concretizza di solito fra i sei e i dodici mesi di inattività. Al quindicesimo mese avrà inizio l'Età della Tenebra

Profonda, detta anche Era della Patata Stuccata. Quando ti lavi sotto la doccia ti sembra di lavare un'altra, ti limiti a deodorarti le ascelle con un deodorante cheap, porti biancheria scoordinata e mutande slabbrate (o perlomeno, se sei una feticista di intimo, riponi in un sacchetto in fondo all'armadio i completini di seta acquistati per le eventuali, cioè rarissime, «serate speciali»), ti depili ormai una volta ogni mese / mese e mezzo, quando proprio non ne puoi fare a meno perché una foresta lussureggiante ti ricopre l'inguine e gli stinchi.

Le tue giornate si dividono in introverse ed estroverse. Durante le prime le tue attività palliative sono tutte «indoor», come i campionati di atletica: svuoti e pulisci sgabuzzini, rifai mille volte il conto della spesa, passi così tante ore davanti alla Tv che ormai vedi sei volte di seguito la *Prima Pagina* del Tg5 e il Colonnello delle previsioni del tempo praticamente è un tuo amico. Nelle giornate estroverse fai cose sconsiderate, tipo andare a due cinema diversi lo stesso giorno o mangiare fuori per tre sere di seguito, così da non distinguere più tra un burrito, un sushi e una carbonara. E poi leggi tutti i giornali al sole, in un bar, col risultato di ustionarti la pelle del volto su un lato solo, e di passare il resto del pomeriggio a cercare una crema abbronzante per riequilibrare il tuo incarnato, col misero risultato di produrre un volto bicolore a simmetria perfetta, come se tu fossi hooligan di una squadra che si chiama, chessò, Coppa del Nonno o Lattecaffè.

Per scongiurare le due fasi a) e b), come sopra descritte, può darsi che tu decida, invece, di darti una mossa. In questo caso potrebbe succederti di incappare in una fase di iperattività sessuale, di spensierata e beata ricerca dei piaceri, detta anche:

c) L'Era del Puttanesimo Trionfante o della Suora Fuggiasca. Mettiamo subito le cose in chiaro: anche questa fase, come la fase b), finché dura poco (diciamo sei mesi) non è grave, anzi può essere molto divertente: ti permette di fare esperienze, conoscere meglio il tuo corpo, imparare a trattare con gli uomini. Hai da due a tre amanti al mese, sperimenti odori sapori e cose dal mondo, fai la stronzetta in giro (e a volte non guasta). A questa fase della vita sono dedicate decine di libri anche recenti, ma non vorrai annoiarti con descrizioni di scene erotiche. Perlopiù lo sai come si fa: le robe del sesso sono bene o male quelle da oltre diecimila anni, e invece un sacco di scrittrici dedicano centinaia di pagine a descrivere nei minimi dettagli perversioni, posizioni, piselli (con relativa classifica, ormai siamo nell'Era delle hit parade e degli exit poll), che quasi quasi mi viene il sospetto che questa sterminata letteratura serva ad alimentare la lettura maschile, oppure le fantasie femminili di donne che si trovano in fase a) o, quel che è peggio, b) – vedi qui sopra.

Quando il Puttanesimo supera i sei mesi / un anno, invece di essere una legittima escursione nel mondo, diventa uno sprofondamento nella miseria della tua solitudine. Parliamoci chiaro: tu non sarai mai un uomo (per tua fortuna, mi verrebbe da aggiungere). Quindi, se fai sesso come sport, fallo pure ma sappi che le conseguenze per te sono sempre più toste che per lui. Fisicamente, ma soprattutto psicologicamente. Mi dirai che in fondo qualunque sport lo possono fare sia maschi che femmine. Certo, ma hai mai visto le lanciatrici del peso bulgare?

La Suora Fuggiasca, a questo punto, può decidere di fare un passo indietro, e quindi la tua vita tornerebbe al punto di partenza: fase a), niente sesso, molte fantasie e nevrosi pura, seguita da fase b), niente sesso e nevrosi pura, seguita da fase c), solo sesso e nevrosi pura. Un circolo vizioso, un loop, una giravolta su te stessa come una foca ammaestrata, o meglio un gioco dell'oca in cui l'oca sei tu.

Oppure, dopo ampia e meditata riflessione, puoi decidere per:

d) La Via del Fidanzamento Temporaneo, detta anche Era del Meglio che Niente. Questa fase presenta un vantaggio sociale indiscutibile, perché invece di vincolare la tua conversazione alle parti negative della grammatica («Fidanzata?» – «No») ti permette di dire che sì, hai un uomo, vedi qualcuno, insomma ti accompagni con uno a cui, in cambio di una serie di servizi irrinunciabili per la persona, quali l'offerta di cibo o la deambulazione in automobile, la dai a cadenze regolari. E poi esci in coppia, vieni invitata in situazioni sociali imbarazzanti (battesimi, matrimoni, funerali) in cui essere accompagnate è meglio. Arriverò a dire che posso contemplare la cinica e malcapitata ipotesi in cui il Fidanzato Temporaneo è un parcheggio, una specie di area di sosta autostradale, un Autogrill con tanto di passerella sopraelevata su cui puoi passeggiare e, intanto, guardare il mondo. Per vedere se, nel frattempo, non ci sia in giro niente di meglio.

Il Fidanzato Temporaneo non deve durare però più di sei mesi, altrimenti ricadi nella monotonia e nel ridicolo, interviene un inevitabile crollo della libido, e giungi alla fase detta della Suora Accoppiata, che è la peggiore: esci con uno, e ci fai l'amore poco o nulla. Praticamente un maggiordomo lui e una escort per eunuchi tu. Dammi retta, in questo caso meglio prendere il motorino o il taxi. Ovvero, meglio sole che poco (o mal) scopate.

I Fidanzamenti Temporanei (da due settimane a tre mesi) offrono, però, un vantaggio ulteriore, anzi il vantaggio per eccellenza: conosci meglio gli uomini, diventi esperta del mondo, sai cosa dire e fare alla decima proposta di una scampagnata – sincerati sempre che qualcuno, ovviamente non tu, porti la carbonella e le salsicce per il barbecue, mentre tu te la caverai con due semplici bottiglie di Montepulciano d'Abruzzo: è un vino robusto, adatto all'aria aperta di campagna, all'abbacchio e agli spiedini di maiale. L'aspetto tragicomico di questa fase della vita è che nove uomini su dieci si rivelano un disastro, una catastrofe ecologica, un incoraggiamento della tesi per cui, se gli italiani sono un popolo a crescita zero in via di estinzione, un po' se lo meritano.

E questo, dopo che ne hai girati e visti un po', ti rende un tantino cinica e scanzonata, per cui ti può perfino capitare di scrivere un libro intitolato *Sdraiami*. Cioè, un invito a tagliare corto, a riscoprire l'uomo vero e non taroccato. La vera e unica caratteristica dell'uomo di questo tipo, vi sembrerà strano, è la sincerità: un uomo che sa e dice quello che vuole, che va dritto per la sua strada, che non ha mezzi termini e mezze misure. Se vuole solo sesso lo dice, se è sposato ma cerca distrazioni evita di fare il finto romantico, se vuole una compagna accanto a sé lo fa capire a chiare note. Così evitiamo di alimentare il conto in banca ai successori del dottor Freud, e campiamo tutte più serene.

Un altro corollario fondamentale dello sdraiami-pensiero, dunque, è:

››› *rifuggi dall'uomo che non sa quello che vuole, o non sa dirlo, perché costui non è un uomo, ma piuttosto una femmina pelosa.* ‹‹‹

Ovvero: esci con uno che credi un maschio, e ne avrebbe più o meno l'aspetto, e praticamente ti ritrovi a portare in giro una femmina non depilata, che per di più insiste col voler infilare dentro di te (per periodi brevi e in linea di massima dimenticabili) una sua appendice spugnosa ed erettile (unica caratteristica che lo distingue da una donna vera, depilazione a parte).

A questo punto, se siete interessate a farvi un'idea della tipologia variegata di quasi-fidanzati in cui sono incappata io, o che sono capitati alle mie amiche, potete passare ai capitoli successivi.

Il fidanzato ecologista

Avrei dovuto capirlo subito. Quando è entrato a casa mia la prima volta ha cominciato a guardare in alto tutte le lampadine, e mi ha fatto una tiritera sul fatto che non erano a risparmio energetico. Dico, ok bello hai ragione, io sono una potenziale criminale anti-ambiente, mi pento in anticipo per tutte le volte che non ho riciclato il vetro, che non ho buttato i giornali nel cassonetto della carta, se vuoi mi pento per il fatto di non mangiare carne biologica (che per inciso costa due volte più di quella dopata con ormoni della crescita), se vuoi mi prostro perché faccio la spesa al giesse, e per di più la porto a casa in sacchetti di plastica e non in quelli di carta, sacchetti di immonda plastica che potrebbe finire nell'Oceano Indiano e impigliarsi sul muso del pesce martello che è un predatore di Platelminti, e la sovrappopolazione di Platelminti medesimi, che scopano tra di loro beati in assenza di quell'ingordo mangione che non può più brucargli le chiappe del culo per colpa della plastica che gli ottunde il muso, provoca una migrazione delle meduse, che si portano dietro attraverso il Canale di Suez anche banchi di alghe assassine, che impediscono la migrazione estiva dei muggini e l'inseminazione delle Oloturie – dette anche cazzi di mare da quei brutaloni di pescatori che non le possono vedere perché sono incommestibili e quando se le trovano nelle reti le ributtano a mare, provocando una stagnazione biologica delle lampughe, che sono i principali predatori dei muggini medesimi – e a questo punto tutta l'alterazione del ciclo biologico fa sì che zigzagando fra muggini impazziti, meduse urticanti, Platelminti orgiastici e cazzi di mare affioranti, i delfini perdano l'orientamento per finire spiaggiati sulle coste italiane, dove i loro miseri resti verranno fatti a pezzi e buttati in sacchetti di plastica nei cassonetti dagli indigeni costieri, che peraltro sono gli stessi pescatori che hanno già le palle girate per la questione delle Oloturie, col risultato che il mostruoso ciclo della plastica si autoalimenterà a dismisura, col rischio di provocare un'onda anomala che, abbattendosi sulle coste italiane del Centro Nord, provocherà una catastrofe demografica con un calo degli elettori di sinistra che appunto massimamente si concentrano nelle zone costiere che verranno interessate dallo tsunami plasticoso, col risultato di assicurare la assoluta prevalenza agli elettori della Casa delle Libertà, che si concentrano nell'interno e nel Sud, per i prossimi trent'anni, in quanto gli elettori del Centro Sinistra, che già prima scopavano poco, ora ci metteranno un sacco di tempo a ripopolarsi, fatto che favorirà l'affermazione di un Capitalismo selvaggio e antiecologico e tutti ci ritroveremo nella selva appenninica a fare i partigiani con la pipetta fra i denti e il passamontagna come il Subcomandante Marcos. Hasta la victoria siempre.

Dico: ok, non sono una stinco di santa ambientalista, ma vuoi smettere di guardare le lampadine e provare, chessò, a guardare un po' più in basso, per esempio verso le mie tette, che peraltro sono naturali al shien per shien e non sono siliconate o pompate – no, non ho alimentato l'orrendo secondo mercato di nessuna materia prima cancerogena per averle così belle e non devo portare nessun reggiseno push-up in orrendo sintetico materiale plasticoso ammazza-delfini per tenerle su? No. Non capisce, anche se fa finta di stare al gioco e di rilassarsi.

La prima volta che entra a casa mia, dopo la scena madre delle lampadine, chiede di andare in bagno e, per prima cosa, osservo che non tira l'acqua: quando gli chiederò conto di questa peculiare pigrizia idrica, alla terza settimana di martirio verde, mi spiegherà che pigrizia non è: anche tirare la catena del cesso contribuisce alla cattiva utilizzazione delle risorse idriche del Pianeta, e io cretina che pensavo fosse l'assenza di cessi e fognature a far venire tifo e colera alle popolazioni del Terzo Mondo. Ingenua. Evviva la Natura che se fosse per lei ci farebbe sprofondare nel piscio. Mi risponde che non capisco, e che da due settimane sta cercando di insegnarmi a usare preservativi ecologici in caucciù naturale ma io non capisco, e se continuo a lamentarmi che per me sono più irritanti dei copertoni di gomma cotti dal sole delle ruote della Graziella che mi regalarono per la Prima Comunione, è perché non è il caucciù naturale dei preservativi equi e solidali a raschiarmi come carta vetrata, ma la reazione allergica causata dai saponi industriali con cui mi lavo le intime nudità. Terza settimana, fine.

Avrei dovuto capirlo che non sarebbe andata: del resto anche il Capo Nazionale dei Verdi ha dichiarato che a lui le donne interessano poco o nulla.

Il fidanzato ipercattolico

Avrei dovuto capirlo subito. Alla Stazione Termini io quel giorno ci ero andata per farmi i cavoli miei, a cercare da Accessorize una borsetta rosa shocking in pelle di cavallino, poco ambientalista ma molto fashion, per elaborare il lutto della perdita del fidanzato ecologista (durata del lutto: minuti sei). Solo che avevo messo addosso jeans, scarpe Superga e camicione oxford celeste ammazza-libido. In effetti un po' scout-cattolica-focolarina sembravo, conciata così. E mentre questo look mi rendeva invisibile al novantanove per cento degli appartenenti al genere maschile sano, avrebbe in effetti potuto attizzare incontrollabilmente il ciellino, l'opusdeo, il cooperante, il papaboi di passaggio.

Stavo in coda all'edicola e mi si accosta con fare educato ed entusiasta:

«Vieni a Rimini anche tu?».

«Dove? No senti, io non...».

«A Rimini, al raduno catecumenale d'estate».

«No guarda, io proprio non c'entro».

«Beh, non lo puoi mai sapere se non c'entri».

«Ok, però a Rimini non prevederei...».

«Vabbene, ma se ti va di considerare il nostro incontro un Segno, quando torno da Rimini vorresti...». E mi molla, come scontrino-ricevuta del Segno, un santino con l'Ave in sette lingue (scritta così in piccolo da incoraggiare l'analfabetismo cattolico nei cinque Continenti), con il suo numero di telefonino scritto a mano, ma bello grande e visibile. Con su scritto anche il suo nome: «Faustino».

Cosa farebbe una normale? Direbbe: «Grazie», e al primo cestino gettarifiuti (no, non quello ecologico per la sola carta, tie') addio santino, addio telefonino, addio Faustino. Ma io come avrete capito non sono normale, quindi lo richiamo dopo una settimanella. Mi risponde con un sottofondo di schitarrate e cori di voci bianche, sta facendo la preparazione di un gruppo di bambini per una Comunione cumulativa a settembre, del tipo paghi uno e comunichi trenta bambini, dico trenta, in una botta sola, trenta anime di mocciosi e futuri potenziali maniaci, rapinatori e fumatori di crack sottratti in un colpo solo alla strada e riconquistati al Signore, mi fa capire. Un Segno, un altro Segno, mi fa capire. Vorrebbe vedermi, ma domattina prestissimo è in partenza per una missione di cooperazione nel deserto in visita al popolo Sahrawi. A proposito, non è che per caso voglio raggiungerlo? Certo che sì, faccio io, non vedevo l'ora di lasciare il frescolino terrificante di Roma in agosto (più quaranta all'ombra) per trasferirmi in una baraccopoli subsahariana (più cinquanta all'ombra) a cercare di convertire al Cattolicesimo una popolazione peraltro islamica da sempre, peraltro umiliata e offesa da due altri popoli islamici, quello algerino e quello marocchino, che sui Sahrawi giocano a rimpallarsi le responsabilità da mezzo secolo. No, Fausti', magari facciamo che chiami tu quando torni, che ci mangiamo uno spuntino di ostie e vin santo tra una confessione e un Renuntio a Satana, che ne dici. Ok, mi fa, dammi il numero.

Secondo errore, dargli *il mio*, di numero. Perché, in qualche modo, riesce a farmi giungere dalle plaghe divorate di sole del deserto, per quindici giorni, vari sms benedicenti, del tipo: «Possa la mano del Signore posarsi sul tuo capo al tramonto, e possano gli angeli del firmamento in coro benedire il tuo cuore puro. F.no», e varie litanie solidariste del tipo: «Ogni volta che muore un bambino deprivato, un'anima chiede di abbeverarsi alla Giustizia del Cielo». Tutte cose bellissime, lo so, mannaggia a me miscredente o meglio semicredente (ma si può credere «un po'»?). Bellissime, che però ricevute alle sei e quaranta del mattino prima del primo caffè mi provocano la stessa voglia di convolare con F.no che avrebbe, chessò, Totti di giocare nella Lazio (di calcio non so nulla, ma questa veniva facile).

Faustino torna. Viene a casa mia, e meno male che dopo due settimane di Sahara si è lavato. Prima di fare sesso ci tiene a spiegarmi che lui ha da poco intrapreso la Via che lo porterà a prendere i cosiddetti Voti Minori, altra notizia di raro impatto afrodisiaco. Mentre mi spoglia, con la stessa accuratezza con cui si leverebbero i panni del sudario a un moribondo, ripete fra sé e sé: «Ossignore, ossignore iddìo», almeno venti volte. E indovinate in che posizione esclusiva lo fa, con la stessa flessibile attitudine (braccia a paletta e gambe bloccate) di Ken con Barbie? Nella posizione del missionario. Ah ah. Non fa ridere, lo so. Infatti non fa ridere neanche me. Due giorni è durata. Due. Eppure mi giurano che al raduno dei papabois ci davano che ci davano, i pargoli. Allora, un appello ai cattolici arrapati e sessuomani: se ci siete battete un colpo di campana benedetta e fatevi avanti. Io purtroppo per ora ho beccato quello guasto, tutto meditazioni e ritiri. Per fortuna Faustino ripartiva per una non meglio identificata località tropicale. Andava a montare un ospedale da campo, cheddiolobenedica. Il suo ultimo sms: «Anche averti perduta è un Segno sulla Via, e non mi dolgo. F.no». Grazie, Fausti'. Amen.

Il fidanzato buddhista

Avrei dovuto almeno intuirlo: uno che passa ore della sua giornata a spararsi Nammiorengekkyo Nammiorengekkyo nel cervello a velocità cadenzata e costante non sta bene qui. Qui a casa mia, voglio dire, per di più che Faustino (durata del lutto per la perdita di Faustino: minuti due), prima di partire a fare il cooperatore medico, me l'ha benedetta già (la casa) con un rosario, e non vorrei che troppe preghiere di religioni diverse, come dire, alla fine prendessero di acido come la panna col vino bianco. E poi non sta bene qui nel mondo occidentale, accidenti. Era meglio se continuava a fare arti marziali come da ragazzo e si trasferiva a Osaka a prendere pedate nelle gengive dal maestro Zen di arti marziali Ndokojo Kojo. Però Gregor, che è italiano di madre inglese, fattezze vikinghe ed è pure bono come il pane, almeno non ripete i suoi mantra pure a letto.

Ci siamo conosciuti a una festa di gente della Telecom, e lui era l'unico che non sembrasse un pinguino e non parlasse in continuazione di «procedure» e «fidelizzazione clienti». Infatti era entrato lì alla Telecom perché sa l'inglese come prima lingua (grazie mamma) e si è laureato benissimo in qualche disciplina aziendale. Ma questo non lo interessa così tanto quanto il Risveglio Spirituale. E poi mi chiama da subito Berry, cosa che mi fa ilarità, e poi sembra vagamente vicino a un altro corolario dello sdraiami-concept che dice:

››› *se una ti piace e non ci provi dopo cinque secondi, almeno sforzati di farla ridere per cinque secondi.* ‹‹‹

E Gregor il Vikingo (l'Anglo, avrei dovuto dire) ridere fa ridere. Dice cose buffe, mi lascia intendere che gli faccio venire tutte le voglie illegali del mondo, che se non lo arrestano prima per nudismo in pubblico mi vorrebbe dare una dimostrazione immediata del suo affetto. Immediata, e fisica. Vorrebbe, ma non può, perché è in partenza per un raduno buddhista, ma fa niente, come se. E quando torna dal raduno, si vuole radunare con me per un Tantra-Mantra. Ok Gregor, con quelle spalle e quegli occhi puoi dire tutto, anche in sanscrito, sarò la tua fedele Devadasi, la tua danzatrice Orissi, la tua monaca Bella Primavera, il tuo Tappeto da Preghiera di Carne. Pregherò per il tuo Risveglio, ma solo dopo che ti vedrò dormire accanto a me, del resto devo recuperare le umiliazioni ecologiste e le privazioni cattoliche.

«Noi buddhisti non colpevolizziamo il corpo», mi dice. E vai, penso io, col Buddha si tromba (lo so che è blasfemo, ma l'ho solo pensato senza dirglielo ad alta voce, e voi sforzatevi di capire la povera Berry affamata di Luce e Risveglio Tantrico, no?). Solo che provateci voi ad aspettare a letto uno che deve finire le abluzioni e i mantra della giornata (tre quarti d'ora) ogni sera, col risultato che tutto il condominio mi guarda come una matta per il ronzio dei mantra che filtra da sotto la porta, e io la sera sono stanca, e la parola sacra del Vikingo mi concilia lo stramazzo sul cuscino, altro che il Tantra. E poi, Buddha quanto ti pare, non avevo preso in considerazione il clamoroso problema della fiatella. Per aiutare i suoi esercizi di respirazione Gregor mangia aglio come io mi ciuccio Chupa Chups in piena fase di regressione infantile. Con la differenza che il Chupa tuttalpiù spande un odore di fragola o caffè caramelloso, mentre la fiata mattutina di aglio del praticante farebbe lisciare i capelli pure a Branduardi, imbruttirebbe perfino Angelina Jolie e renderebbe interessante perfino dare una sniffatina all'ascella di Marzullo (Signore, pietà). Quando l'avevo conosciuto era in pausa dall'aglio, mi spiega. Ora ha ripreso.

Due settimane è durata. Più due giorni con le finestre aperte per disinnescare i vapori mefitici e per evitare che, in caso di incauta accensione dei fornelli, non andasse in fiamme la casa. Om Buddha Om, ciao ciao.

Il fidanzato cospirazionista

Avrei dovuto capirlo quando gli ho dato appuntamento a Roma, fermata Metro Cavour, all'incrocio con Via in Selci, per mangiare un boccone dalle parti di Via dei Serpenti. Mi ha risposto che lui a Via in Selci non ci passa, perché su un lato della strada ci sta il quartier generale dei Servizi Segreti (che poi tanto segreti non sono, visto che tutti nel quartiere sanno che «là ce sta er palazzo dee spie») e sull'altro lato della strada il reparto operativo dei Carabinieri (che poi tanto operativo non sarà, visto che ogni due per tre ci convocano delle conferenze stampa, e tutti i negozianti del quartiere dicono che «davanti ar palazzo dee spie ce sta er palazzo dee guardie. Ecché fanno? Se 'nvitano a pranzo e saa tirano ner culo a vicenda, ahr ahr ahr»).

Avrei dovuto saperlo che Giovanni è un cospirazionista nato, uno di quelli che sono convinti che il mondo va avanti solo perché la massoneria turca e gli Hell's Angels svedesi hanno fatto un patto per avvelenare Lady Diana perché, col suo comportamento filo-arabo, incoraggiava i moderati islamici che, vincendo le elezioni in Giordania, avrebbero spostato l'asse delle alleanze navali del Mediterranco, fatto quest'ultimo critico per il buon fine di certi traffici di uranio radioattivo orditi da Putin in combutta con il Governo iraniano e con alcuni discendenti segreti di Elvis Presley, che non è morto, ma si è sposato in settime nozze con una pronipote di Maria Maddalena che, rivendicando per se stessa il trono di Svezia, voleva far fallire l'Ikea avvelenando le polpette surgelate alla salsa di mirtillo che l'Ikea medesima (a sua volta frutto di un'iniziativa imprenditoriale di fuoriusciti dalle SS nel dopoguerra) distribuisce su scala globale nei suoi ristoranti, e l'avvelenamento delle polpette con scorie atomiche avrebbe fatto ricadere la colpa sui cugini di Saddam Hussein che, fuggiti all'estero grazie anche alla collaborazione del cartello del petrolio texano, erano in realtà i veri artefici della vittoria di Simone Cristicchi a San Remo. Oltre che della guerra in Iraq, ma «questo è un problema secondario» (diceva sempre così, Giovanni: «Questo è un problema secondario»).

Avrei dovuto capirlo subito. E invece gli chiedo:

«Perché? Cos'ha la Metro Cavour che non va?».

«Ma come, non lo sai?».

«No, non ho letto i giornali ultimamente».

«Ma quali giornali, i giornali in realtà nascondono le cose. Guardati intorno, la zona di Via Cavour è piena di telecamere a infrarossi con riconoscimento oculare telemetrico, loro ti fanno una radiografia completa e tele-ascoltano tutto quello che diciamo».

«*Loro* chi? E comunque io e te che ci dovremmo mai dire di così pericoloso?».

«Allora proprio non capisci... Vabbè ti chiamo io dopo, da un telefono sicuro». E riattacca.

Il fidanzato sposato

Avrebbe dovuto capirlo, Giorgia. Povera e ignara dirimpettaia con cui dividevo cortile, lavatrice, mollette, assorbenti, avanzi di cibo, preservativi e pettegolezzi. Avrebbe dovuto capirlo almeno dalla faccia tosta: Umberto portava la fede ben visibile al dito, era sposato e con un figlio, ma tutte le volte che la incontrava all'edicola del quartiere le faceva una corte come quella di Sir Lancillotto del Lago a Ginevra. E «Tu sei splendida qui e splendida lì», e «Tu dovresti sentire come il cuore mi batte forte quando ti vedo», e «Sono sicuro che il cuore batte forte anche a te». E Giorgia che scherzava: «Datemi del Voi, Messere». E lui il giorno dopo: e «Voi siete splendida qui e splendida lì», e «Voi dovreste sentire...». La faccio breve: un super-paraculo col botto. Umberto non era semplicemente un intortatore di femmine professionista: era la riprova di un corollario (fondamentale) dello sdraiami-pensiero, che dice:

››› *se l'uomo ci prova deciso, la donna rimane ben impressionata anche se sa che lui mente, esagera, se la canta e se la suona in rime e strambotti.* ‹‹‹

Romanticismo? Vagheggiamenti cavallereschi? No. Il fatto è che noi donne siamo geneticamente programmate per accettare ogni tipo di bugia e cazzata da uno che ci piace. Anzi, pare che nella mappatura del genoma della femmina dell'Homo Sapiens, il cromosoma accètta-fregnacce sia il terzo in fondo a destra, e sia uno dei più antichi, insieme a quello perdona-stronzi e a quello ama-e-soffri. Eppoi Umberto corteggiava la mia amica in maniera così démodé che doveva proprio essere uno spasso sentirlo .

Allora, le cose sono andate così: un giorno Giorgia arriva all'edicola e, mentre tira fuori gli euri per il giornale, vede con la coda dell'occhio Umberto che le si accosta pronto a bisbigliare la sua litania di stronzate.

Lei gli dice: «Zitto, zitto, devo parlarti».

E lui: «Come?».

«Sì», continua, e gli fa cenno di seguirla qualche metro più avanti, in modo che possano parlare da soli.

«Ascolta, Umbi». *Umbi*, come le sarà uscita questa.

«Umbi, andiamo al sodo: *io piacere te e tu piacere me*, no? Dài, si vede, le cose si sanno, fra un po' ne parlerà tutto il quartiere. Quindi, Umbi, vediamola laica, smettila di fare il Dolce Stil Novo: *tu sposato io no*, giusto?».

«Giusto».

«*Tu trentacinque io ventisei*, giusto?».

«Giusto».

«Allora: *noi adulti, noi piace molto, noi fare cose per bene e con discrezione per non incasinare tua molto onorevole signora moglie, e noi scopa. Di nascosto, noi scopa*. Semplice, no?».

«Ma...».

«Ma?».

«Ma così mi togli tutta la poesia».

Figlio di puttana. Adorabile figlio di una gran puttana. La poesia, le ha detto. E Giorgia glielo avrebbe fatto sentire davvero, alla sua stimata consorte, il menestrello di Re Artù come se la sfringuella tra un cappuccino e un salto al circolo del tennis. Altro che poesia. A casa a pedate nel culo a cambiare il pannolone al figlioletto piccolo, altro che rime baciate.

Sarò breve: a questi qua, una volta che gliel'hai gentilmente concessa, possono succedere due cose. La prima è che mollano, si sgonfiano, si involano, sgommano, diventano invisibili, smettono di farti sentire la loro principessa consorte. Il bagno di ferormoni gli restituisce un temporaneo controllo della realtà, si rendono conto di avere moglie-casa-famiglia. Fine di Guido Guinizzelli, torniamo alle pagine di cronaca quotidiana.

La seconda cosa che può succedere è, invece, il contrario esatto: si attaccano come mignatte, si gonfiano di sogni come una sonda aerostatica, atterrano all'aeroporto della tua vita e non si schiodano più, diventano onnipresenti, cercano di farti sentire, dopo la Regina moglie, la principessa baldracca. Il bagno di ferormoni gli garantisce una temporanea assenza di legami con la realtà, sembrano dimenticare moglie-casa-famiglia. Fine della cronaca quotidiana, inizio del Canzoniere, però in versione un po' scadente, tipo canzone degli 883. Una sola domanda devi farti: *lasceranno la moglie per te?* La risposta ovviamente è: *no.*

Il risultato è che hai tutti gli svantaggi di avere un fidanzato fisso, e pure geloso, e tutti gli svantaggi di fartela con un uomo sposato, che pretende che tu sia disponibile a comando come una squillo, e clandestina come una brigatista rossa.

Tre settimane è durata fra Giorgia e Umbi. All'edicola ora lui le fa ciao rapidamente, con un cenno della mano automatico alla Papa Ratzinger.

Il neurofidanzato

Avrei dovuto saperlo che Alessio, detto Lexotan, più che un depresso era un filantropo benefattore, con una spiccata attitudine a migliorare il patrimonio di psicologi e psichiatri. Vado a una cena con una decina di amici e amiche, niente di serio, conoscenze di palestra misto vecchi compagni di scuola che si ritrovano in un clima tra Cornetto Algida e Amaro della Pacca sulla Spalla. Andiamo insieme a casa di un certo Alessio, mi dicono, che dobbiamo tirarlo su da un periodo così-e-così: pare che sia stato mollato dalla quinta fidanzata di seguito. Qui è chiaro che, se sei una donna normale, cioè una sentimentale crocerossina (fa lo stesso), ti scatta la curiosità di sapere cosa avrà di sbagliato questo Alessio detto Lexotan. E ti si attiva il cromosoma limitrofo al cromosoma ama-e-soffri, che si chiama più-lui-soffre-più-tu-lo-ami. Ovvero: tu ancora non lo sai, o fai finta di non saperlo, ma in cuor tuo già ti stai candidando al ruolo di sesta fidanzata, detta anche la paladina dell'amor perduto.

Avrei dovuto saperlo che Alessio stava alle malattie mentali come un collezionista di automobiline d'epoca sta alle automobiline: ce le aveva tutte, e teneva ben allineate sullo scaffale del bagno le risposte pronte per qualsiasi disturbo conosciuto.

Insonnia compulsiva? Tavor.
Ansia? Lexotan.
Inattività da depresso? Tolep.
Sbalzi d'umore? Prozac.
Accenni vaghi di dolore fisico? Contramal.
Dolori intensi? Toradol.
Persistenti ossessioni? Eutimil.

Sembrava la finale di Coppa dei Campioni del girone dei depressi. E a quanto pare la squadra delle Turbe e Sindromi, allenata da Alessio, era la favorita numero uno.

Ma ancor più indicativa era la sfilza di dvd sugli scaffali dell'ingresso: centinaia, allineati maniacalmente. Chicche della cineteca Lexotan: Il Decalogo di Tarkovskij (completo,versione original, sottotitoli), Rashomon (versione original, no sottotitoli), tutti i capolavori di Ermanno Olmi, tutti i capolavori di Silvano Agosti, maestri del muto francese, maestri del sonoro turco, Selezione Ouagadougou Film Festival. Completiamo il quadro con qualche prelievo dalla antistante libreria: Jean-Paul Sartre, *La noia*, Oriana Fallaci, *Lettera a un bambino mai nato*, Primo Levi, *Se questo è un uomo*, Ferdinand Céline, *Viaggio al termine della notte*, Selezione Discorsi di Albino Luciani, Aleksandr Solzhenitsyn, *Arcipelago Gulag*, tutte le poesie dei maestri dell'Esistenzialismo albanese. Insomma, c'è chi legge per dimenticare, chi per ricordare, chi per divertirsi, chi per necessità, chi per svago. Lexotan leggeva per farsi male di brutto, per sprofondare, per riconfermare la sua tesi nichilista che il mondo è sofferenza acuta. Leggeva, leggeva e per tirarsi su rivedeva (ri-vedeva, non scherzo) Tarkovskij e Olmi.

Era bello, o meglio era stato bello, da ragazzino, prima che la sua espressione facciale assumesse per sempre l'effigie della maschera mortuaria del Faraone Ramses II. Adesso guardava in basso un po' strabico, gli occhi da Fabrizio de André dei poveri, con la mano destra alzata tanto da sembrare lui appeso alla sigaretta, che fumava ogni tanto con tiri lunghi e lenti, lasciandola incenerire lunga e lenta tra le dita. Eppure, vi sembrerà strano, anche questi infelici cronici hanno una loro occulta strategia di rimorchio. Alessio era al nono anno fuori corso di veterinaria, vecchio ordinamento, e sul tavolo del salotto stavano in bella vista delle foto di lui (un po' più in forma) abbracciato a un puledro appena nato, con un sorriso malinconico: un'immagine così tenera e straziante che sembrava che perfino il puledro guardasse in macchina, dicendo: «Che volete, mi pagano per fare il puledro strappacòre».

Aveva un cane, un bastardino trovatello depressissimo, che guardava tutti gli umani con gratitudine: la gratitudine di chi è stato salvato dal bordo di un'autostrada, mista alla disperazione del ricordo di essere stato abbandonato, mista alla paura di essere di nuovo abbandonato. Nel cucinotto, mal incollata sui pensili anni Sessanta, la foto di una mamma gorilla che tiene in grembo un gorillino, e l'espressione dolce e similumana del bestione malinconico si fonde con quella beata e innocente del bestiolino apprendista malinconico e fa tutt'uno con l'espressione un po' dolce e malinconica del depresso padrone di casa. Insomma: del tutto incapace di accostarsi alle donne in maniera classica, Alessio era l'antitesi pura dello sdraiami-pensiero. Non sapendo come corteggiarti lui, ti corteggiava per interposto animale.

Non mi rivolse la parola per tutta la serata, ma evidentemente si era accorto della mia curiosità per le amenità filmografiche e le foto da circolo animalista.

Io non avevo fatto altro che estrarre dal suo porta-cd qualche vecchio titolo di Luigi Tenco, e a un certo punto, avvicinandosi di soppiatto, mi bisbiglia: «Resti stanotte?». Wow. Che impertinenza da maschione. Non sarà mica che mi sono sbagliata, e che in bagno lo scaffale di psicomedicamenti nasconde una porta girevole come nel rifugio di Batman, con uno scaffale di pillole eccitanti e di filmetti porno misto a *Paura e delirio a Las Vegas*? Forse quest'aria da cane bastonato nasconde un maschio segreto e vendicatore, una macchina da sesso più tenace di una lavatrice a gettoni. Cosa vuoi fare, Lexy, mi trascini in cantina dove possiedi un rifugio sadomaso arredato in stile Gothic Rock, e mi costringi a strisciare ai tuoi piedi tutta fasciata di latex?

Calma, Berarda, la tua fantasia impertinente sta galoppando. Volendo restare coi piedi per terra, cosa dovrei rispondere? «Certo, simpaticone mio, ci spariamo un disco dei Cure e un cocktail di psicofarmaci, che ne dici?». No. Invece arrossisco, come se mi sentissi grata della sua attenzione (grata, sì grata come il suo psico-cane abbandònico) e mi lascio sfuggire un: «Ehm... Va bene, grazie». Grazie. «Di che?», dice lui. Di che, penso io.

Avrei dovuto saperlo. Una, due, tre, quattro sere, sdraiata sul tappeto di pelo di pecora ingialliticcio del salotto, fra lui e il cane ex-abbandonato (maledetto cane paraculo, quanti soldi prendi per fare così bene la parte), in sottofondo Nick Cave, una birra semitiepida, a parlare parlare parlare. «Il sesso non è importante, del resto», dice. No. Ci sono cose molto più importanti: «Confrontarsi», dice, come se lui fosse la CGIL e io il Governo. «Capire se esiste una lunghezza d'onda comune», dice, ma io non so immaginare neanche un'increspatura, un'ondina minima nello stagno gelato della sua conversazione appallante. Il momento clou, l'estasi a luci rosse della serata arriva quando Alessio si gira e dice: «Mi abbracci?», e resto abbracciata con lui che dorme e col cane che dorme, scomoda come un fachiro dilettante su un tappeto di chiodi. Anche io mi addormento, male, e mi risveglia la lingua rasposa del cane, mortacci-sua, alle quattro del mattino: l'ora ideale di ogni tentazione suicida, quando è sicuramente troppo tardi per pensare al sesso e troppo presto per pensare a vivere.

Il fidanzato abbestia

Dovevi saperlo, Berarda. Era chiaro che se tornavi all'Università anche solo per una mezz'oretta, rischiavi di regredire mentalmente di sette-otto anni. Ah quei prati dove, immèmori dell'ora di Storia delle Relazioni Internazionali, decine di fuoricorso svaccano beatamente, a discapito delle mamme lavandaie che si incollano tre-per-due fustini di detersivo con candeggina («Macchie d'erba? Fango? Macchie difficili? Lo sporco impossibile non esiste»).

Ah, quelle assemblee di Coordinamento Studenti Scienze Biologiche in cui tu, pur essendo di Lettere ti accompagnavi alla tua amica Clara, perché dovevate incontrare uno per una dritta su una festa dove sarebbe passato un altro che aveva una dritta per una casa al mare libera nel fine settimana dove con un terzo (e un quarto) speravate di passare due o tre giorni di chiusa a beneficio delle mamme ignare («Sto fuori due giorni, ma', dobbiamo ripassarci Estetica II con Clara»). Ah, quei corridoi tagliati in due dalle zaffate di fumo di canna provenienti dal bagno del primo, del secondo, del terzo piano a beneficio del bidello corrotto a cui, in cambio del silenzio, bisognava offrire una mezza stecca di nero ogni tanto («Almeno i filtri non li lasciate sui lavandini»).

Io sono innocente, vostro onore: quel giorno passavo di lì per andare a richiedere due certificati di laurea in copia, e se mi sono imbattuta in Marco è solo perché ci sono solo due posti dove puoi incontrare Marco: 1) dalle ore dodici alle ore diciotto, salvo pioggia, maltempo, terremoti, guerre, carestie, inondazioni: prato antistante la segreteria studenti della Sapienza, e 2) dalle ore diciotto alle ore due: scalini sottostanti il monumento a Giordano Bruno, Roma, Piazza Campo de' Fiori, luogo di ritrovo sicuro dei giovani d'oggi e di ieri (età media, dai sedici ai quarantotto) circondati da bottiglie di birra acquistate previa colletta, bottiglioni di vino sfuso comprato in osteria previa colletta, mozziconi di canna fumata dopo essere stata comprata previa colletta, cartine «prestate» dal primo che passa, carte oleate di pizza al taglio acquistata previa colletta, carte di giornale, carte turistiche abbandonate, carte da gioco più oleate delle carte da pizza, supplì smozzicati, piccioni ingordi tra i piedi, o meglio tra gli anfibi dei presenti, bicchieri di latta smaltata di vario taglio in ragione delle esigenze della colletta, cagnoni trovatelli e pulciosi senza guinzaglio o con guinzaglio a strascico improvvisato fatto da una cinghia di avvolgibile rimediata che strofina per terra, di modo da ripassare ben bene su chiazze di vomito della sera precedente, chiazze di vomito dell'ora precedente, chiazze di vomito d'epoca, chiazze di piscio di varia epoca, turiste canadesi con ciabattine flip-flop e grande disposizione al cazzeggio etilico, e dunque pronte a offrire una birra agli indigeni stanziali in cambio di un'ora di folklore metropolitano.

Bonghetti marocchini di varia misura con la pelle della percussione mal conciata che emana quel tipico odore di pelle di bonghetto africano mal conciata, misto ascella del deserto misto alito di cammello misto inguine di cammelliere, quell'odore di bestia del terzo e quarto mondo mal morta che, dopo un quarto d'ora che li suoni, fa sì che i tuoi polpastrelli diventino di un giallo-bonghetto indelebile, e la puzza di bonghetto dalle tue mani non se ne vada neanche con trenta lavaggi chimici, turisti giapponesi che tentano di scattare una foto a «Gioo-ru-dano Bu-ruu-no», e osservano con un misto di dolore e curiosità etologica questa mandria monocroma intenta a suonare Curt Cobbéin e a soffiare dentro armoniche a bocca, ricettacolo di ogni batterio di virus noto e ignoto trasmissibile tramite saliva.

Marco detto Marcolì-passa-la-canna si muove tra questi ignari attori non protagonisti della Storia con la naturalezza con cui Umberto Eco si aggira fra i suoi sessantamila libri, che conosce per nome uno per uno. Marcolì non è esattamente un *pankabbestia*, ma è il tipico ragazzo benestante borderline-abbestia, otto anni otto trascorsi all'Università per dare otto esami otto con la media del diciotto. *He is punky, you know*: avrebbe la possibilità di cambiare pantaloni ma non lo fa, ha sempre lo stesso paio di jeans postatomici con la tela ricoperta da un'incerata di sudicio unta e traslucida. Potrebbe cambiare felpa ma non lo fa, ha sempre la stessa felpa grigio topo. Potrebbe cambiare piazza ma la sua unica scelta alternativa sarebbe Piazza Santa Maria in Trastevere, dove però ci sono i tossici duri e il posto-chiappa per la tua ora di session coi bonghetti te lo devi sudare litigando a capocciate in faccia e a colli di bottiglia rotti usati come coltelli. No, Marcolì è pacifista e tutto pace e pace e pace e mi piaci e mi piaci e mi piaci.

Ogni tanto ti potrebbe venire il sospetto che quello giusto è lui e quella sbagliata sei tu, anche perché se gli chiedi: «Sei felice?», ha delle risposte opportuniste e paraculе (mi sa che deve essersele studiate in otto anni di pratica fra una session bonghettara e una colletta), delle risposte Zen disarmanti tipo: «Non so, dài, che me lo chiedi a ffa', qui ci stanno gli amici, la strada è la strada e tutto succede senza programma, ci sto dentro, insomma». Ci sta dentro, insomma. Ci sta dentro un casino, insomma.

Insomma quella mattina passavo dal prato antistante la segreteria e mi sento chiamare. Cazzo. È lui, è ancora lui. Per due volte che gliel'ho data anni fa (anzi usiamo il passato remoto che fa più ritorno del rimosso misto rimorso: per due volte che gliela diedi, gliela ebbi data e avrei dovuto non dargliela) Marcolì si ritiene in diritto di comportarsi da amico-fidanzato spirituale eterno. Potrei incontrarlo anche fra vent'anni, sono sicura, e il rituale sarebbe quello: «Ahò, bbella Bera'» (traduco: ehi, buongiorno Berarda), «Ma è 'n'era ggeologgica che 'nse bbeccamo» (traduco: è da assai lungo tempo che non ci incontriamo), «Stai sempre 'na favola, io maa svorto» (traduco: sei sempre in forma, io campo abbastanza bene), «Fra 'n po' scendo a Campo, me so' dato na punta co' aamici» (traduco: fra un po' mi reco in Piazza Campo de' Fiori, dove ho appuntamento con certi amici), «A proposito, c'hai 'na carta?» (traduco: a proposito, hai una cartina?).

Le domande sono due: 1) perché Marcolì-passa-lacanna parla in dialetto, visto che i suoi sono professionisti medioborghesi, mamma architetto e papà psicanalista? Non si sa, o meglio si intuisce, fin da quando al liceo un professore preoccupato gli disse: «Adesso basta, Marco, voglio parlare coi tuoi genitori», e lui rispose: «Ahò! Ma si nun ce parlo io, mo' che ce vòi parla' te?». E soprattutto, 2) vabbene che la vita offre occasioni di distrazione, momenti di crisi, periodi di solitudine, fasi di sbandamento, cicli di crescita difficile, attimi di ripensamento, vabbene che tutti e tutte abbiamo gli armadi pieni di scheletri di incontri improbabili e fidanzati impossibili, ma...

INSOMMA
BERARDA,
COME
HAI
POTUTO?

Il (mancato) fidanzato commercialista

Povera Federica. Avrebbe dovuto pensarci due volte. Lei di vino non sa nulla. Quando è al ristorante, se non la consiglia qualcuno, si limita alla scelta vino bianco / vino rosso, tipo quegli scimpanzè ammaestrati dei documentari di Piero Angela che dopo anni di torture psicologiche imparano a riconoscere i colori primari e a dipingere.

Una volta era con un'amica e ha ordinato una bottiglia di vino scegliendo a caso dalla lista. Venti euro, «un vino piemontese robusto e corposo», le ha detto il tipo. «Bene, proviamolo», gli ha risposto lei, visto che doveva festeggiare un test di gravidanza andato bene cioè negativo, e i venti euro ci stavano tutti (se aveste visto l'improbabile candidato-padre, il vino glielo avreste offerto voi). Il tipo del ristorante arriva, stappa la bottiglia, le versa un goccio di vino e si mette da una parte sull'attenti con la bottiglia fra le mani come se stesse montando la guardia al milite ignoto. Federica sulle prime non ci bada, presa dalla conversazione. Ma lui non molla, sta lì, sembra attendere un responso oracolare del Mago di Napoli. Lei si gira e gli fa:

«Che c'è, la bottiglia non me la dà?».

«Sì, certo signora, ma prima l'assaggi».

«Cioè?».

«Dovrebbe assaggiare il vino e dirmi se va bene, o se manda la bottiglia indietro».

«Indietro? Beh ma se lo mettete sul menu sarà buonissimo. Mi fido».

«Sì, ma la pregherei».

«Ok ok, mi faccia sentire».

Mentre Federica porta alla bocca il bicchiere e tira giù un sorso un po' troppo convinto, la sua amica Cristina, infame, le sussurra: «Ahò ma che sei amica de Vissani?».

E lei sbotta a ridere, sputando il vino sulla tovaglia, sulle scarpe, sul piatto, sul tovagliolo. Un fiotto rosso come in un film horror anni Sessanta, solo che al posto del sangue c'è il Barolo Vattelappesca e Federica non è una zombie. Al contrario, lo stranguglio di vino che le è anche colato dal naso la sta soffocando, insieme alle risate che non riesce a trattenere, ed è paonazza come mastro Geppetto. Lacrime giù dagli occhi, il tipo posa la bottiglia stizzito e se ne va e non torna più per tutta la serata. Per punizione verranno servite da un cameriere ultraottuagenario che va così lento da far freddare i fritti nel percorso tra la cucina e i tavoli.

Ecco perché sabato scorso Federica avrebbe dovuto pensarci due volte, prima di accettare un invito a una «festa con degustazione di vini». La organizzava un amico di un'amica appena diplomato sommelier, che voleva un po' tirarsela. Ok, si dice per convincersi, le feste di questo tipo offrono un'attrattiva in più: invece di andarci per rimorchiare e basta, qui ci vai con la scusa di bere, e ti ritrovi a rimorchiare da brilla, che viene meglio per la ben nota questione dei freni inibitori che se la danno a gambe, e compagnia cantando.

Per completare il quadro aggiungerò che Federica non beve, normalmente. O meglio beve poco, ma al primo sorso è calda, al secondo è allegra, al terzo è brilla, al quarto vacilla, al sesto dice quello che capita, al settimo le sue varie personalità secondarie cominciano a organizzarsi per la libera uscita, all'ottavo si svolge un conflitto d'interessi fra le varie Federiche per decidere chi è meno secondaria delle altre, al nono una delle personalità mette a tacere le altre e viene fuori. Decimo sorso: Federica, chi sei? Federica, ci sei? Non si sa, dipende dalla serata e da chi ha vinto. Talvolta viene fuori Federica la Sentimentale, e si commuove e piange senza smettere fino al portone di casa. Talvolta è Federica la Fatalona che prende il sopravvento, e allora spara cazzate a ripetizione travestite da battute dark. E a volte...

Lui, il padrone di casa, Lorenzo, è belloccio, magretto, scattante, un po' troppo regolare, un po' troppo pulitino. Un po' troppo tutto, e rigido come se avesse inghiottito un manico di scopa dalla parte sbagliata. Fa il commercialista, spiega a Federica tutto soddisfatto. Ora, la mia amica non è razzista. Anche i commercialisti, probabilmente, come altre minoranze che vivono in questo Paese a spese dell'Erario, hanno un'anima, sono esseri umani come noi. Magari hanno degli usi e costumi propri, e anche una religione tutta loro. Ma in fondo, finché non te ne sposi uno, non dovrai mai frequentare la Chiesa del Condono. Il problema è un altro, perché se mi dici: «Io sono dottore commercialista, seguo tra l'altro la contabilità di alcune aziende vinicole primarie, come la Serbelloni e la Soseghini», e ti aspetti che io faccia «ooh ahh» come in un seminario sulla stimolazione del punto G, sei un tantino di fuori. Commercialista, non so perché, è la parola meno erotica del mondo. A me fa praticamente prosciugare la patata. Dopo averla pronunciata si dovrebbe far seguire un sorriso e un «purtroppo», oppure un «ma», per esempio:

«Cosa fai nella vita?».
«Vita? Io non ho una vita. *Purtroppo* sono commercialista».
Oppure: «Sono commercialista, *ma* mi interesso principalmente di vini».
O anche: «Sono commercialista, *ma* soprattutto mi piace il mare». Meglio, no?
Però Mister Fattura qualche interesse oltre ai conti (e al vino) sembrava mostrarlo. Letteratura? Politica? No: le tette di Federica, dato che mentre le descriveva le meraviglie della tenuta vinicola Castagnata di Fratte non staccava gli occhi e gliele guardava bovino e lussurioso. Nel frattempo le faceva assaggiare un vino dopo l'altro, e verso l'ottavo sorso la frigidità della parola commercialista sembrava sparita. Il dibattito nell'Assemblea Interiore delle Federiche – che per comodità abbrevieremo con F1, F2, F3, F4, F5 – era già acceso.
F1: «Io a uno così tutto perfettino non la darei mai».
F2: «Stai zitta te, che al compleanno di Serena ti sei trombata il dj, solo perché era stato al G8 di Genova. Sei una zecca zapatista».
F3: «Voi due di maschi non ne capite una mazza. Questo fa il perfettino, ma a letto è un animale».
F1 e F2: «E tu che ne sai?».
F3: «Ne so, ne so. Vi ricordate, al mare, il vicino di casa dei Francini?».
F4: «Io me lo ricordo. Da paura».
F3: «E che studiava, quello?».
F1, F2, F4: «Economia».
F3: «Embeh, che non ve lo ricordate che quando poi s'è fatto avanti, e gliel'abbiamo data (dico *gliela abbiamo*, non fate finta che non c'eravate) più che il vicino di casa dei Francini, sembrava il vicino di casa di Rocco Siffredi?».
F4: «Mi sa che c'ha ragione».

F1, F2: «Vabbè fate un po' voi, però...».

F5: «Io mi sento sola, e carino è carino. Punto».

Sottoposta a votazione, la candidatura di Lorenzo per la concessione della marmotta passò per tre voti a favore (F3, F4, F5), uno contrario (F1) e un astenuto (F2). Non fu necessaria una crisi di Governo per deliberare, anche perché F6, cioè Federica l'Astemia, non fu proprio interpellata. Era ormai ubriaca come un lavatore di vetri slavo, e invece che alla festa di Lorenzo le sembrava di stare a un matrimonio in un film di Kusturica. Tutti parlavano e parlavano e, finite le prime lezioncine sul bouquet e il retrogusto fogliato, quattordici-quindici bottiglie erano state aperte simultaneamente e la festa aveva sbracato. C'era odore di mosto e di cacio tartufato in tutto il salone, la testa girava, la musica girava e giravano pure un paio di canne.

Ma adesso saprete com'è andata a finire, e subito: all'improvviso Lorenzo si volta, e comincia a parlare di documenti de-ivati («de-» e «–ivati», diceva proprio così) con due altri ospiti, che forse sono due colleghi, o due masochisti, fa lo stesso. Va avanti a parlare per un bel pezzo, e avviene il miracolo, nel senso che Santa Federica scopre il rimedio istantaneo e sconosciuto contro l'ubriachezza: la Dichiarazione Iva. Al quarto minuto di conversazione fra tre commercialisti, è già tornata sobria. Ma sobria che se i Carabinieri la fermassero al ritorno e le facessero la prova del palloncino, penserebbero che fa la testimonial del Tè Ati. Colpo di Stato: l'Assemblea delle Federiche viene soppressa, siamo tornate alla dittatura: a uno che parla di cartelle anomale e di dichiarazioni in mora anche alla sua cazzo di festa non la si può proprio dare. Semmai si deve sposare una collega, o una ragioniera contabile, così se la tromba a passo di carica mentre lei gli ripete all'orecchio le disposizioni straordinarie dell'Ufficio Entrate pubblicate dal Sole 24 Ore per farglielo venire più duro. Oppure una marescialla delle Fiamme Gialle, che ora ci sono pure le finanziere, tanto il conflitto d'interessi nel nostro Paese non conta, e chi sa commercialista e marescialla come si divertirebbero a letto, tipo che lui fa l'evasore e lei gli mette le manette. Oppure una segretaria di quelle da combattimento con l'unghia laccata e squadrata tipo french manicure, la scarpa col tacco a spillo rossa pure alle otto e venti del mattino, e la catenella d'oro alla caviglia, una che invece di chiamarsi Debora si chiama «Debborah» e si eccita tutta quando lo vede col BMW nuovo. De-ivato, naturalmente, e scaricato dal leasing multiproprietà.

Il fidanzato scrittore

Roberto aveva un suo menu fisso per il sesso, e dopo due mesi lo conoscevo meglio della lista di autobus alla fermata sotto casa mia (due diurni e un notturno, per intenderci). Bacio in bocca, poi dovevo scendere io con la testa per tirare bene su lui, poi dovevo sdraiarmi io sotto, e per finire dovevo girarmi. Sette-otto minuti in tutto. Poi si rimetteva al telefono, oppure guardava il soffitto e pensava, oppure mandava sms alla donna storica e ufficiale, detta la fidanzatona, per distinguerla da me, detta la fidanzatina. Oppure si metteva a telefonare: «No, Sandro non c'è rimasto male perché Erri gli ha dato praticamente del qualunquista facendoglielo capire fra le righe, ma perché il pezzo è uscito senza che lui fosse avvertito da Paolo che non lo metteva in prima».

Avrei dovuto saperlo, e prepararmi un'agendina con i nomi in ordine alfabetico al posto dei cognomi, e gli abbinamenti giusti caso per caso. Cerchi Erri sotto la E, e viene De Luca. Cerchi Sandro alla S, e la rosa dei possibili candidati si restringe a Veronesi, Onofri, Baricco. Almeno capisci di che stanno parlando. O magari non capisci di che, ma almeno di chi.

Così, dopo essere stata per due mesi la fidanzatina di Roberto, posso dire di conoscere tutti gli intellettuali italiani, per nome. Ma solo per nome. Già, perché a differenza degli scrittori francesi che chiamano i colleghi per cognome, qui da noi il cognome non si usa, non vige, non fa. O sei della tribù, e il tuo decodificatore-agenda ce l'hai stampato in testa, e sai chi sono i Sandri e i Paoli e i Marchi, o sei fuori. E io ero fuori. «Ma è il tuo lato bello», mi rassicurava lui, «la tua freschezza». Freschezza, viva la freschezza. Una mozzarella umana, uno scampo, un mazzo di fiori mi sentivo. «Mi fermo un attimo all'edicola, devo vedere un pezzo di Marco sulla questione del nuovo libro di Pietrangelo». Una cretina, mi sentivo.

Roberto aveva un suo menu fisso per tutto. Il sabato cappuccino al solito baretto del solito parchetto con gli amici per la solita lettura dei giornali. Gli altri giorni della settimana equamente suddivisi tra prestazioni a pagamento di vario tipo, come presentazioni di libri, partecipazioni a convegni, prefazioni di libri di amici a loro volta prefatori dei suoi. Qualche consulenza. Qualche cena. Qualche incontro con il suo editore. Io lo vedevo a sere alterne rispetto alla fidanzatona, che sapeva della nostra storia ma lasciava fare, e si limitava a informarsi su di me a distanza.

In verità vi dico, donne: salvo contrario avviso, se non volete sentirvi trasformate in un soprammobile o in carta da parati, gli scrittori che vi piacciono vanno letti, non scopati. Perché non c'è quasi niente da imparare, da sapere, nessun magico segreto della creatività da carpire dalla loro vita. Gli scrittori oggi non fanno una vita avventurosa, e forse non l'hanno mai fatta. Sono casalinghi, pantofolai, viaggiano poco e solo a pagamento, parlano solo di sé. Se non hanno successo odiano il mondo, se hanno successo si sentono odiati dal mondo. Nessuno in Italia ti perdona il successo.

Gli scrittori odiano la televisione, odiano il cinema d'azione, non fanno sport o se lo fanno giocano rabbiosamente a pallone rompendosi tutte le ossa. Quando qualcuno di loro fa una roba tipo un'arte marziale, o il pugilato, lo fa perché ha capito che un po' di tricipite non guasta, oltre alle chiacchiere, per rimorchiare le studentesse dei corsi di scrittura creativa.

Gli scrittori non amano l'arte contemporanea, o la moda, perché sono mondi in cui girano soldi veri e mondanità. E loro odiano la mondanità. Quindi non si vestono quasi mai decentemente, perché pensano che il mestiere di scrittore basti da sé, e ti autorizzi a sentirti adolescente per sempre. O vecchio da sempre, che fa lo stesso. Dopo due mesi con Roberto, ho capito che la passività può essere un'arte. Una filosofia. Roberto era più passivo di un saggio taoista. Con lui qualunque corollario dello sdraiami-pensiero non funziona. Provarci con una donna è da fasci. Punto. E lui non è fascio. Punto.

Come ci sono finita a letto la prima volta? Semplice: per un attimo ho creduto nella storia della ragazza che seduce lo scrittore quarantenne, diventando poi la sua musa. La prima parte della storia funziona sempre, la seconda mai. L'ho abbordato alla presentazione di un libro e gli ho chiesto il telefono. Lui ha dettato il numero e mi ha guardato con curiosità. Ha quarant'anni, ne dimostra cinque di meno fisicamente, venti di meno psicologicamente, quaranta di più mentalmente. Con lui non sai mai se stai parlando con il Saggio della Montagna o con l'Adolescente Coglione, ma certo non riesci mai a parlargli di te. Mai. Così un giorno, dopo che mi aveva scopicchiata al solito modo e stava litigando al telefono con un'amica redattrice di un giornale, mi sono vestita e sono uscita dalla sua vita in punta di piedi.

Il fidanzato no limits

La fase dei fidanzamenti brevi, pensavo tra me e me (e sarebbe stato meglio se ci avessi pensato prima), ha i suoi lati positivi e i suoi lati negativi. Di buono c'è che ti crei una piccola enciclopedia di casi umani. Impari che il mondo è bello perché è vario, molto vario, ma con una costante: gli uomini che non ci dovrebbero neanche lontanamente provare ci provano sempre, e gli uomini che vorresti ci provassero non ci provano mai – tranne rari casi. Il lato tragico, invece, è che, se sei in una fase della vita in cui non hai fatto delle scelte precise, rischi di lasciarti trascinare in situazioni inimmaginabili: sedute di meditazione Zen col Mistico, partite di calcetto e di calciotto con lo Sportivo, dibattiti e convegni di archeologia sumerica con l'Accademico, carotaggi di falde acquifere con l'Idrogeologo, ispezioni di apiari con l'Entomologo mielicultore (da cui il film multisequel *Arnia Letale*). Fidanzato che vai, mondo che trovi.

Cretina, pensavo tra me e me, mentre su un sentiero attrezzato dei monti Cimini, sotto una pioggia monsonica scrosciante («C'è la possibilità che faccia due gocce», mi aveva detto) portavo a spalla una mountain bike nuova di pacca comprata per stare appresso a Geppi, mia nuova fiamma. Geppi è un uomo no limits, un uomo che non deve chiedere mai, trentaquattro anni di muscoli e training quotidiano, prima maratoneta estremo, poi triatleta, free-climber, ciclista esploratore, paracadutista sportivo, velista solitario (o con figa al seguito). Geppi è milanese e scrive quelle pubblicità in cui c'è uno che per collaudare un'automobile si butta da un grattacielo facendo capriole in aria come l'Uomo Ragno, oppure attraversa il deserto del Nevada a tremila all'ora sollevando nuvole di polvere e mettendo a rischio d'estinzione sette-ottocento specie animali e vegetali. Geppi quelle pubblicità estreme le scriveva (faceva il «copy»), ma soprattutto le *viveva*: fino a rompersi il setto nasale due volte, passare tre mesi in ospedale per una caduta in montagna, lasciarsi con la moglie per prendere parte alla Parigi-Dakar.

Il Pubblicitario Estremo Milanese è un genere antropologico a sé, come i Pigmei del Congo o i Meo della Birmania. Solo che queste tribù, dopo la prima volta che nella loro zona passa un autobus, imparano a prendere l'autobus. Geppi no: i monti Cimini preferisce sorvolarli in deltaplano, discenderli col parapendio a rischio di sfracellarsi in un dirupo, scalarli in bicicletta e a piedi, anche se potrebbe attraversarli comodamente in autobus o in macchina. E io dietro, dicendomi e che sarà mai, tutt'al più rimedio una storta alla caviglia. Mortacci mia. Mortacci sua.

La bici a spalla faceva parte degli imprevisti da copione – l'uomo no limits ama gli imprevisti: foratura di ruota di camion in Mongolia, avaria alla barca in pieno Oceano – perché il sentiero era interrotto, e quindi vai su per trecento metri, guada un paio di ruscelli, puntèllati bene, scavalca due rupi, per poi finalmente raggiungere la radura dove Geppi si è dato appuntamento con un gruppo di amici. Gli uomini e le donne no limits sono come i guai, non viaggiano mai da soli. Scopo dell'escursione: imparare a costruire ponti sospesi su uno strapiombo con corde e tavolette di legno, alla maniera delle popolazioni andine, per poter poi organizzare una spedizione primaverile in Cile. Per fortuna che lo zaino con le tavole di legno se l'era portato lui, a me era toccato quello con solo quaranta chili di corda, che culo.

Stare con Geppi mi ha fatto riscoprire la gioia della vita all'aria aperta, e va bene così, direbbe Vasco, senza parole. E chi fiata: tredici punti per una ferita da coltello a sega mentre stavo cercando di recidere una corda in cui mi ero impigliata durante la scalata di una parete, una lussazione dell'articolazione della spalla – cosa vuoi che sia, zaino corda più zaino viveri più bici a spalla – sinusite acuta con tendenza al cronico. Il bollettino dei miei fine settimana con Geppi assomigliava ai primi romanzi di Paolo Villaggio, quelli in cui a Fantozzi appare la Madonna benedicente per allucinazioni da salivazione azzerata.

Piccolo dettaglio: in due mesi e mezzo di frequentazione abbiamo fatto sesso tre volte. Prima non poteva perché doveva mantenersi carico in vista di una gara di trekking. Seguiva una tecnica di conservazione dell'energia che ha imparato da scalatori estremi himalayani altissimi, purissimi, levissimi. La tecnica consiste nel non scopare, una pippetta ogni tanto e a letto alle nove.

Poi non poteva perché tutte le notti faceva le due con un amico, cercando di imparare a fare nodi con la sola mano sinistra, dovendo con la destra pagaiare, per imparare a governare il kayak. Immagino (ma immagino e basta, credetemi) che con la mano destra libera dalla pagaia, ogni tanto i due si spippettassero a vicenda, ma senza venire, mi raccomando, altrimenti addio energia. Poi, finito di pagaiare e spippettare per tre settimane, aveva uno strappo alla schiena e doveva recuperare: ok, dico, se non ti puoi muovere lo facciamo e io sto sopra. «No, perché mi toglie la concentrazione». Eh sì, *concentrazione*, perché per recuperare uno strappo ci vuole una particolare forma di training autogeno asessuale. Sono i rischi dell'estremo, che volete. Ecco, per farla breve l'estremo non fa per me.

Non ho capito da quali mostri interiori fuggisse Geppi, e soprattutto perché non riusciva a stare a casa neanche una domenica, che so, a giocare a Subbuteo o a guardare un film. Mi ha risposto che lo farà, dopo i cinquant'anni, ma non ci credo. Conosco gente che a cinquant'anni corre maratone, scala il sesto grado in montagna e vede la moglie solo per un quarto d'ora a settimana, tramite videofonino satellitare. In compenso Geppi leggeva molto: libri sui nodi con corde in caucciù, memorie di ex-esploratori paraplegici, riviste illustrate di viaggi e scalate.

Finché un giorno gli ho detto: senti, estremo-boy, tu hai bisogno di una estremo-girl, magari tendenzialmente frigida, così non ti distrae con idee malsane (tipo: fare sesso ogni tanto), mentre a casa trangugi teste di aglio crudo in vista della prossima immersione in apnea. Poi con l'aglio (vedi fidanzato buddhista) io avrei un problemino, tipo che quando ti vengo dietro in bicicletta, dietro in parete rocciosa, dietro in moto da enduro, dietro sui ponti tibetani, la scia fiatellosa che lasci mi fa diminuire le prestazioni del settanta per cento. L'ho verificato grazie all'orologio-tachimetro-contapassi digitale a energia solare (usato) che mi hai regalato. Mi fa: mangia aglio crudo anche tu, così non ci fai più caso e le prestazioni migliorano. Allora, in uno splendido giorno di sole, sono uscita da casa, ho preso un normalissimo autobus e sono andata a Villa Borghese, dove c'era un sacco di gente per niente estrema, sdraiata sui prati, seduta sulle panchine o intenta a giocare a bocce, e ho pensato: che bello camminare – con calma, e in discesa – in una valle verde.

Il fidanzato politico

Il Comitato Provinciale si riunisce ogni secondo lunedì del mese. Poi c'è la campagna per il Comune di Latina, dove sono fascisti anche i pali della luce, ma comunque noi di sinistra dobbiamo dare battaglia per prendere qualche punto. La Giunta per le autorizzazioni dei lavori pubblici si riunisce a convocazione, poi c'è la riunione per la fase pre-congressuale. Ad aprile si cominciano a elaborare le strategie per le manifestazioni estive. A giorni alterni c'è il presidio in sala stampa alle aulette parlamentari.

La sera è dedicata sempre alle cene, che si distinguono in: cene di progetto, cene di raccolta fondi, cene di consenso, cene di categoria, cene di bilancio, cene di giunta, cene con gli alleati, cene contro gli alleati, cene di negoziazione con gli avversari, cene segrete pre-tattiche, cene di verifica programma, cene di analisi sondaggi, cene con la stampa. All'una e tre quarti di notte si va con la macchina di servizio del Ministro all'edicola di Via Veneto. Alle sei e tre quarti del mattino primo briefing telefonico col portavoce del Ministro per ragguagliarlo su tutte le più piccole novità emerse dalla lettura dei giornali, letti fra le due e le tre e mezzo. Poi un'ora di sonno. Poi igiene personale. Poi inizio giornata in Direzione di Partito per capire se il Partito esisterà ancora da qui a tre mesi.

Nei fine settimana ci si divide tra la Convention dei giovani di Confindustria e le partecipazioni a: festa della Polizia, festa della Repubblica, festa degli Alpini, festa del Vino Tipico a denominazione d'origine controllata (il vino è il meno, basta che ci sia base elettorale e ci si ubriachi).

Avrei dovuto saperlo, che in quasi due mesi di storia, il fidanzato politico mi avrebbe dedicato siennò un'ora a settimana. Una storia di camere di albergo – almeno quelle sono sempre lussuose, non c'è che dire. Una storia di corse in macchina per raggiungere il portavoce del capo. Giancarlo detto Gì fa il portaborse del portavoce. Col capo, cioè col Ministro, parla poco, ma il capo sa sempre dov'è e, massimo degli onori, il capo lo chiama per soprannome: «Questa è roba per Gì», «Con RadioRai facci parlare Gì», «Chiedi a Gì». Una libidine.

La vicinanza col potere, mi spiega Gì, è una droga. Hai il pass per il G8 (da me soprannominato Gì-Otto), stai sempre a massimo due metri da chi conta davvero, conosci le notizie il giorno prima che escano sui giornali o un'ora prima dei telegiornali. Conosci pure le notizie che non escono e non usciranno mai. Vista da dentro, la politica è molto più spregiudicata e divertente che vista da fuori, solo che devi avere un fisico da fondista, una mente da stratega, una presenza di spirito da comico e un pelo sullo stomaco da bestia. Allora sì che le cene le reggi, che accetti di incontrare gente disonesta e improbabile perché ti porta voti, che ti interessi anche di autostrade, armamenti, informazione, fognature e discariche. Sono i cosiddetti temi dell'agenda del giorno.

I soldi non sono un problema, le donne neppure perché intorno alla politica girano più donne che api intorno al miele. E a molte, moltissime donne, il potere piace un casino.

Sette settimane. E ho capito che lui è perduto per sempre. A scuola era il più bravo, ora vuole essere il più bravo anche in questo gioco pazzo. Un giorno farà lui il portavoce, poi il Segretario, poi il Sottosegretario al Governo, poi il Ministro. Quel giorno io non ci sarò. Ciao, Gì.

PER FINIRE

TA-TAAN! (Colpo di scena)

A un certo punto, invece, succede. Succede che dopo tutte le carambole, dopo cene infinite, dopo infinite cene finite da sola al portone di casa, dopo (pochi) alti e (molti) bassi, lui – nel senso di *lui* – arriva. E non è una cosa complicata come pensavi: ti accorgi dopo pochi minuti che non è la tua fantasia a doversi adeguare cigolando e stridendo alla realtà, ma finalmente è la realtà che si inchina alla tua fantasia. Vi sembrerà strano, ma mi sono fatta un fidanzato. A onor del vero è lui che si è... sì insomma, è lui che *si è fatto* me. Voglio dire, è lui che finalmente ha mostrato di conoscere d'istinto lo sdraiami-pensiero, senza bisogno di spiegazioni, discussioni, confronti, malintesi, ripensamenti.

Potrei, con una certa amarezza, farvi notare che per realizzare finalmente un incontro decente nella mia vita, ho dovuto abbandonare il mercato nazionale e rivolgermi a un prodotto d'importazione. Anche questo dovrebbe farci riflettere: amici e amiche, fatemi dire che se il prezzo da pagare per la felicità è questo, allora viva l'immigrazione, il meticciato, il cross-over, l'imbastardimento e tutto quello che vi pare. Non voglio farvi un pippone sociologico, anche perché sono troppo impegnata a godermela. Ma certe volte capisco perché l'Italia è un Paese, come dicono, a crescita, zero. Nel senso che, con maschi italiani come questi (il primo che mi fa l'elogio del maschio italiano gli tiro una pizza in faccia), è già tanto se riesci a sposarti. Farci un figlio? No grazie. In questa mail, semplice semplice, potete farvi un'idea di come è andata.

>

>________________________________

>

>Da: berarda del vecchio [mailto: berarda271c@libero.com]

>Inviato: martedì 21 marzo 2006 17:35

>A: Flavia: flavia326z@yahoo.it

>Oggetto: Forse mi fidanzo... (O forse scopo?)

>Tesoro forse ce la faccio!!!

>Tu sei un mito. La tua giusta domanda sul perché non scopo di sabato è

>stata provvidenziale perché domenica sera ho risolto.

>Allora devo andare con ordine:

>

>a fine febbraio al compleanno di Maria siamo andati a un centro sociale

>nel rione Monti perché c'era una festa. Era venuta anche mia cugina Marina che da mesi diceva che mi doveva presentare il coinquilino svedese del suo amico

>Gianluca che abita nel suo stesso palazzo, ma io, cretina come al solito,

>rimandavo. Poi quella sera becchiamo per puro e assoluto caso lo

>svedese... un fico pazzesco!!! Alto 1.85, biondo, fisico da paura, occhi

>azzurro-verdi, simpatico, che vive a Roma da anni (parla benissimo
>l'italiano) e fa il grafico industriale per un'azienda.
>
>Poi ci salutiamo tutti e io dico a Marina che quando finisco il libro e
>torniamo dalla neve lei deve organizzare qualcosa... e la mia brava cugina
>non ci pensa due volte:
>domenica, avevo invitato Massimo a casa, ma poi mi chiama Marina e mi dice
>che Gianluca ha organizzato una cena e mi ha invitato. Così disdico
>subito con Massimo e vado. Ti pare che rinunciavo a una cena a casa loro? Mi
>metto una gonna bianca e nera spigata al ginocchio, una maglia nera
>scollata, mi trucco un po', capelli sciolti e stivali neri con laccetti... e
>vado.
>C'era un casino di gente e lui era bellissimo con gli occhiali quadrati con
>la montatura trasparente e la giacca a costine di velluto (poi se l'è tolta
>e io stavo per morire perché dalla maglietta si vedevano i muscoli!!!).
>Marina ha fatto tutto: ci ha ripresentati e poi è successo un miracolo.
>Sai, come quando andavamo alle feste al liceo io e te e una di noi due
>doveva rimorchiarsi un tipo? Ecco è stato così. Marina che mi reggeva il
>gioco e controllava se lui mi guardava, poi appena si avvicinava lei
>spariva... è stata perfetta. E lui con la scusa di fumarci una sigaretta

>(meno male che fumo) mi ha portato in balcone a chiacchierare e poi in
>cucina, solo che arrivava sempre altra gente… ma alla fine rimaniamo
>soli. Lui mi chiede di che parlerà il secondo libro e io non potevo dirgli
>proprio la verità (mi avrebbe preso per una zitellona disperata), allora gli dico:
>«Beh è una saggio psico-antropologico sociale sui rapporti uomo-donna e su
>come siano cambiati con i tempi. Che non esistono più gli uomini di
>una volta e che ci sono più panda di uomini veri.
>Ti faccio un esempio: lei ti piace, tu le piaci, ma ora è rarissimo che
>l'uomo prenda l'iniziativa».
>E lui (sapendo che io sarei dovuta tornare in taxi, la mia macchina
>serviva ai miei):
>«Ah, allora se io mi offrissi di riaccompagnarti a casa sarei un bravo
>"uomo-panda"?»
>
>È stato un genio, ha capito tutto, un miracolo svedese!!!
>Così mi riaccompagna a casa nella sua seicento blu. Parlando scopro che fa
>il designer e alcune sue lampade sono state prodotte, che insegna
>all'Istituto Europeo di Design, che ha una moto BMW con cui è andato in
>Marocco e quest'estate vuole andare a Istanbul, che è single e che si era
>trasferito in Italia per una tipa…
>

>Arrivati sotto casa scendiamo dalla macchina e parlando mi chiede se mi
>andrebbe di andare con lui a cena in settimana. Io devo aver fatto una
>faccia pazzesca e gli dico di sì. Così mi invita per martedì sera e poi...
>mi bacia!!!!
>Flaviaaaaaaaaaaaa!!!!!! Finalmente uno sveglio!!!! E bacia da dio!!! Niente
>sbavature, niente lingua invadente... Insomma perfetto! Mi sentivo molto
>Carrie Bradshaw di *Sex and the City* (avevo pure il cappello e i guanti,
>peccato che non ero a New York).
>Così mi chiede il numero di telefono e non mi dà il suo dicendomi che mi
>avrebbe telefonato per metterci d'accordo.
>
>e... Così succede: mi chiama ieri sera dicendo che deve darmi buca per la
>cena... Ma mi propone un dopo cena!!! Visto che deve dare lezione
>all'Istituto di Design e che finisce lezione alle 9:30 gli sembrava
>scortese farmi aspettare per mangiare. Io
>dico che va bene e che aspetto una sua telefonata.
>
>Esattamente trenta minuti fa mi manda un messaggio per confermare per stasera,
>mi chiede l'indirizzo e dice che mi chiama dopo la lezione che tenterà di
>finire prima!!!
>
>Flavia, 'sta volta me lo sento... Io con gli italiani si vede che c'ho sfiga e

>che sono portata per il Nord Europa... E poi parla benissimo, vive a Roma,

>da solo, e non ha intenzione di tornare in Svezia, lavora, e pare

>«normale». Forse mi fidanzo... (O forse scopo?)

>

>Un bacio tesoro e se puoi rigira il tutto a Massimo che tanto capirà perché

>gli ho dato buca domenica!!!

>

>Pensami stasera.

Ringraziamenti

Se sono arrivata fin qui vuol dire che il libro è finalmente finito, e questo è quasi un miracolo viste le varie vicissitudini e i vari cambiamenti all'ultimo minuto che ha subito.

Per primo vorrei ringraziare il mio «personale» uomo-panda, Jonas, che ha saputo capire e accettare i motivi che spingevano la propria fidanzata a mettere in piazza parte della sua vita privata, leggendo le bozze del libro in un'intera e travagliata notte.

Al secondo posto per supporto, amicizia e consigli ringrazio Angela e la sua nuova coinquilina, nonché mia strepitosa amica, Sara che hanno partecipato attivamente alla nascita del libro. A Betta, Monica e Letizia devo un grazie speciale perché alcune tipologie di uomini derivano dalle nostre infinite sessioni di chiacchiere femminili. I miei compagni di scuola, sia delle medie che del liceo, hanno avuto un ruolo fondamentale e, anche se non hanno partecipato attivamente a questa stesura, lo hanno fatto con i tanti ricordi che hanno lasciato nella mia mente.

Un ringraziamento particolare va, in fondo, a tutti i miei ex senza i quali, nel bene e nel male, questo libro non sarebbe stato possibile. Un grazie bizzarro va ad Alex, che più che un ottimo ufficio stampa è stato, ed è, un meraviglioso complice con cui gironzolare fra una promozione e l'altra. Rimanendo in ambito lavorativo – anche se chiamare la Castelvecchi il mio luogo di lavoro mi suona strano – ringrazio Elisa per aver diviso con me momenti fluidi e pesanti, Florinda, Serena, Chiaretta, Alessandro e Vittorio perché hanno in parte assistito a tutta una serie di eventi amorosi, Ornella, Clara e Serenella per aver fatto parte del circolo DFD, e Simona per i suoi indispensabili consigli in fatto di calze.

Non so se si può ringraziare un luogo ma io lo faccio lo stesso: perciò mando un grazie volante a Trecchina che, oltre ad essere stato lo scenario di tanti miei baci rubati, è anche stato il posto dove sono riuscita a ritrovare pace e fiducia verso me stessa e verso gli altri (qui è sottinteso un ringraziamento agli «amici del mare»).

Ci sono tante altre persone che meritano di essere ricordate in questa pagina, come tutte le mie amiche (in particolare Jessica, Gaia e Marcella), le ragazze incontrate in giro alle feste o nei locali, le amiche di conoscenti o cugine, e in generale tutte quelle donne che hanno voluto mettermi al corrente del loro punto di vista, delle loro storie, e delle loro relazioni sentimentali.

In questo lungo elenco tutto al femminile vorrei, però, dire grazie al mio amico Marco che, da quando è stato mio compagno di banco l'ultimo anno di liceo, non ha mai smesso di starmi vicino. Forse per omonimia vorrei anche ringraziare un altro Marco che di mestiere fa il pizzaiolo in zona Marconi, perché con i suoi strepitosi supplì ha reso la stesura di questo libro, avvenuta in concomitanza al mio trasloco, molto più gustosa.

Indice

Finito di stampare nel mese di luglio 2007
da Grafiche del Liri srl - Isola del Liri (FR)
per conto di Alberto Castelvecchi Editore srl